Poèmes sacrés et profanes

Du même auteur
chez le même éditeur

Méditations en temps de crise

John Donne

Poèmes sacrés et profanes

Préface de Virginia Woolf

Traduit de l'anglais
par Bernard Pautrat

Rivages poche
Petite Bibliothèque

Retrouvez l'ensemble des parutions
des Éditions Payot & Rivages sur

www.payot-rivages.fr

Couverture : Gozzoli, *L'Épreuve du feu devant le sultan*, détail
(chapelle San Francesco, Montefalco)

Les poèmes ici réunis sont extraits des
John Donne's Poetical Works, édités par H. J. C. Grierson,
Oxford University Press, 1953

106, bd Saint-Germain – 75006 Paris

ISBN : 2-7436-1518-4
ISSN : 1158-5609

John Donne trois siècles après[1]

par Virginia Woolf

Quand on pense aux millions et millions de mots écrits et imprimés en Angleterre au cours des trois derniers siècles, et au fait que la grande majorité d'entre eux a disparu sans laisser de trace, on est tenté de se demander quelle qualité peuvent bien avoir les mots de Donne pour qu'aujourd'hui encore on puisse distinctement les entendre. Loin de nous l'intention de suggérer l'idée, même en cette année de célébrations et d'adulation bien compréhensible (1931)[2], que les poèmes de Donne soient d'une lecture répandue, ou que nous puissions surprendre la dactylo, en regardant par dessus son épaule dans le métro, en train de lire Donne en rentrant du bureau. Mais il est lu ; il est audible – comme en témoignent les nouvelles éditions et les nombreux articles –, et peut-être vaut-il la peine de chercher à analyser la signification que présente pour nous cette voix lorsqu'elle nous frappe l'oreille après ce long vol à travers les mers tempétueuses qui nous séparent de l'époque de la reine Élisabeth.

Mais la première qualité qui nous attire, ce n'est pas sa signification – toute chargée de signification que soit sa poésie –, c'est quelque chose de bien plus pur et immédiat ; c'est l'explosion qui soudain fait qu'il parle. Toute préface, toute parlementation ont été consumées ; il saute dans la poésie par le plus court chemin. Une phrase suffit à consumer toute préparation :

J'aimerais bien parler au spectre d'un amant
Antique,[3]

ou bien :

Fou à lier, celui qui dit
Être amoureux depuis une heure.[4]

Aussitôt nous voilà saisis. Arrête, ordonne-t-il,

Arrête-toi, Amour, je vais te faire un cours
De philosophie de l'amour.[5]

Et il nous faut nous arrêter. Dès les premiers mots une secousse nous traverse ; les perceptions, auparavant engourdies et lentes, frémissent d'impatience ; les nerfs de la vue et de l'ouïe sont excités ; le « bracelet de cheveux éclatants[6] » brûle dedans nos yeux. Mais, plus remarquablement, nous ne nous bornons pas à prendre connaissance de beaux vers mémorables ; nous nous sentons nous-mêmes contraints à une attitude mentale particulière. Des éléments qui, dans le cours ordinaire de la vie, se trouvaient dispersés, se changent, sous le coup de la passion de Donne, en un tout unique. Le monde qui, l'instant d'avant, était riant, ou terne, éclatant de caractère et de variété, se trouve consumé. Nous voici à présent dans le monde de Donne. Toutes les autres vues se trouvent fauchées net.

Dans ce pouvoir de surprendre soudain le lecteur et de le subjuguer, Donne surpasse la plupart des poètes. C'est sa qualité caractéristique ; c'est comme cela qu'il nous empoigne, résumant son essence en un mot ou deux. Mais c'est une essence qui, tandis qu'elle agit en nous, se divise en d'étranges contraires qui sont brouillés entre eux. Bientôt nous commençons à nous demander de quoi est faite cette essence, quels éléments se sont rencontrés pour graver une impression à ce point profonde et complexe. Quelques indices évidents se trouvent dispersés à la surface des poèmes. Quand nous lisons les *Satires*, par exemple, nous n'avons pas besoin d'une preuve externe pour nous dire que c'est là l'œuvre d'un jeune homme. Il a, de la jeunesse, tout le côté impitoyable et définitif, sa haine des folies de l'âge mûr et de la convention. Raseurs, menteurs, courtisans, – détestables farceurs et hypocrites tous autant qu'ils sont –, pourquoi ne pas en faire un tas et les balayer de la face de la terre de quelques coups de plume ? Et ainsi ces stupides figures se voient-elles rossées avec une ardeur qui prouve à quel point l'espoir, la foi et la joie de vivre inspirent la sauvagerie du mépris juvénile. Mais, lisant plus avant, nous commençons à soupçonner que le jeune homme au visage curieux et complexe du premier portrait – audacieux mais subtil, sensuel mais nerveusement tendu – possédait des qualités qui, entre les jeunes gens, le rendaient singulier. Ce n'est pas simplement que le pêle-mêle et le trop-plein qui dictent à la jeunesse ses mots l'eussent trop bousculé pour qu'il eût grâce et clarté. Peut-être y a-t-il, dans cette façon de couper et trancher, dans cette abrupte façon d'entasser pensée sur pensée, un mécontentement plus profond que celui de la jeunesse face à la vieillesse, de l'honnêteté face à la corruption. Il est en rébellion non pas simplement contre ses aînés, mais contre quelque chose qui, dans l'humeur de son temps, lui est antipathique. Son vers a la sécheresse délibérée de ceux qui refusent de tirer profit de l'usage courant. Il a l'extravagance de ceux qui ne sentent pas la pression de l'opinion, si bien qu'il leur arrive de manquer de jugement, et alors ils entassent les étrangetés par amour de l'étrangeté. Donne est un de ces anticonformistes, comme Browning et Meredith, qui ne peuvent s'empêcher de glorifier leur anticonformisme d'un trait d'excentricité gratuite et délibérée. Mais, pour découvrir ce que Donne n'aimait pas de son époque, imaginons quelques-unes des influences les plus évidentes qui durent se faire sentir sur lui quand il écrivait ses premiers poèmes – demandons-nous quels livres il lisait. Et, d'après le témoignage même de Donne, nous découvrons que ses livres de prédilection étaient les œuvres de « graves Théologiens[7] », de philosophes, de « fins hommes d'État, enseignant à nouer / Les nerfs du corps mystique d'une cité[8] », et des chroniqueurs. Manifestement, il aimait les faits, les arguments. S'il se trouve aussi des poètes parmi ses livres, les épithètes qu'il leur applique, « à cervelle d'oiseau », semblent déprécier l'art, ou à tout le moins montrer que Donne savait parfaitement bien quelles qualités lui étaient antipathiques en poésie. Et pourtant il vivait en plein printemps de la poésie anglaise. Il devait y avoir du Spenser[9] sur ses étagères, et *L'Arcadie* de Sidney[10], et *Le Paradis des Délicates Figures*[11], et l'*Euphues* de Lily[12]. Il eut la possibilité, et il semble l'avoir saisie – «Je lui parle de nouvelles pièces »[13] – d'aller au théâtre, de voir représenter les pièces de Marlowe[14] et de Shakespeare. Quand il sortait dans Londres, il dut rencontrer tous les écrivains de l'époque – Spenser et Sidney et Shakespeare et Jonson[15] ; il dut entendre parler, dans telle taverne, dans telle conversation, de pièces nouvelles, de nouvelles façons de faire des vers, écouter d'enflammées et doctes discussions sur les possibilités de la langue anglaise et l'avenir de la poésie anglaise. Et pourtant, si nous nous tournons vers sa biographie, nous voyons qu'il n'a ni frayé avec ses contemporains, ni lu ce qu'ils écrivaient. Il était de ces êtres originaux qui ne peuvent tirer profit de ce qui est en train de se faire autour d'eux, qui en sont, bien plutôt, perturbés et distraits. Si nous nous tournons à nouveau vers les *Satires,* nous voyons aisément pourquoi il fallait qu'il en fût ainsi. On y trouve un esprit audacieux et actif qui aime avoir affaire aux choses réelles, qui lutte pour rendre avec exactitude chaque choc comme il vient heurter ses sens tendus à l'extrême. Un raseur l'arrête dans la rue. Il le voit avec exactitude, avec vivacité :

Il avait des habits étranges, mais grossiers,
Et, quoique pauvres, noirs ; et son pourpoint, sans manches,
Autrefois en velours, était présentement
En taffetas barbu, tant s'en voyait la trame[16] ;

Et puis il aime rendre les vrais mots dont usent les gens :

Et lui, comme d'un luth la corde à fond tendue,
Couina : « Parler des Rois, oh monsieur, c'est bien doux ! »

Et moi : « À Westminster, le gardien des tombeaux,
À chaque visiteur et pourvu qu'on le paye,
Parle de nos Henri et nos Édouard, de tous,
Passant de Roi en Roi, et leurs progénitures :
Rien ne vous frappera l'oreille, que des Rois ;
Vos yeux ne tomberont sur rien, sinon des Rois ;
Et la rue y menant s'appelle rue du Roi[17]. »

Là se trouvent à la fois sa force et sa faiblesse. Il isole un détail et garde l'œil fixé sur lui jusqu'à l'avoir réduit aux quelques mots qui en expriment la bizarrerie :

Et les courts doigts enflés de cette main goutteuse,
Une botte, on dirait, de carottes trop cuites[18],

mais il ne parvient pas à voir ce qui l'entoure comme une totalité. Il est incapable de prendre du recul et de saisir une vue d'ensemble, si bien que sa description est toujours celle d'une intensité momentanée, rarement de l'aspect plus ample des choses. Aussi trouva-t-il, bien entendu, difficile de pratiquer le drame, avec son conflit de personnages distincts ; il lui faut toujours parler depuis son centre à lui, dans le soliloque, la satire et l'auto-analyse. Spenser, Sidney, Marlowe ne pouvaient en rien servir de modèles à un homme qui regardait au-dehors depuis son angle de vision. L'Élisabéthain typique, avec son amour de l'éloquence et son désir de vaillants mots nouveaux, tendait à agrandir et à généraliser. Il aimait les vastes paysages, les vertus héroïques et les personnages qui s'offrent à la vue de façon sublime, à grands traits ou dans un conflit héroïque. Même les prosateurs avaient cette manie de l'agrandissement. Lorsque Dekker entreprend de nous raconter comment la reine Élisabeth mourut au printemps, il est incapable de décrire cette mort en particulier ou ce printemps en particulier ; il lui faut s'étendre sur toutes les morts et tous les printemps :

... le Coucou (comme un violoneux solitaire titubant de taverne en taverne) répétait son chant tout le jour ; les Agneaux folâtraient dedans les vallées, les chevreaux et les Chèvres gambadaient dessus les Montagnes : les Bergers, assis, jouaient du pipeau, les jeunes villageoises chantaient : les Amants faisaient des Sonnets pour leurs Belles, cependant qu'elles faisaient des Guirlandes pour leurs Amants : Et aussi joyeuse était la Campagne, aussi gaie la Ville... pas d'Oiseau de nuit pour épouvanter à minuit le paysan nigaud, pas de Tambour pour épouvanter le Citadin à midi ; tout était plus calme que l'eau qui dort, tout se taisait, comme si les Sphères jouaient de Concert : En conclusion, le ciel semblait être un Palais, et la grand-salle de la Terre un Paradis. Mais oh, que la Félicité de l'homme est donc éphémère ! Ô monde, que l'étoffe de ton bonheur est donc mince et fragile[19] *!*

– bref, la Reine Élisabeth est morte, et inutile de demander à Dekker ce qu'a dit la vieille femme qui balayait sa chambre, ou à quoi ressemblait Cheapside ce soir-là pour peu qu'on se fût trouvé pris au cœur de la foule. Il lui fallait agrandir ; il lui fallait généraliser ; il lui fallait embellir.

Le génie de Donne était exactement à l'opposé. Il diminuait ; il particularisait. Non seulement il voyait chaque tache et chaque ride qui défiguraient la beauté d'ensemble, mais il notait avec une extrême curiosité sa propre réaction à de tels contrastes, et adorait mettre côte à côte les deux aspects en conflit, pour les laisser produire leur dissonance. C'est ce désir de sécheresse en une époque fleurie, cette détermination à enregistrer non pas les ressemblances qui tendent à composer un tout gracieux plein de rondeur, mais les contradictions qui ruinent les apparences, c'est ce pouvoir qu'il a de nous faire ressentir ensemble les sentiments d'amour, de haine et de rire, qui séparent Donne de ses contemporains. Et si le cours ordinaire des jours – un raseur qui vous tire par un bouton, un homme de loi qui vous piège, un courtisan qui vous remet à votre place – faisait sur Donne une impression si aiguë, tomber amoureux devait forcément produire sur lui un effet incomparablement plus fort. Tomber amoureux voulait dire, pour

Donne, mille choses ; cela voulait dire être tourmenté, dégoûté, être désillusionné, extasié, mais cela voulait dire, également, dire la vérité. Les poèmes d'amour, les élégies et les lettres révèlent ainsi une figure d'un calibre tout différent de la figure typique de la poésie amoureuse élisabéthaine. Ce grand idéal, édifié par vingt plumes éloquentes, brille clair encore en nos yeux. Son corps était d'albâtre, ses jambes d'ivoire ; ses cheveux étaient des fils d'or et ses dents des perles d'Orient. La musique était dans sa voix, la majesté dans sa démarche. Elle savait aimer et se divertir, être infidèle et soumise, cruelle et fidèle, mais ses émotions étaient simples, comme attachées à sa personne. Les poèmes de Donne révèlent une dame d'une tout autre trempe. Elle était brune mais elle était aussi bien blonde ; elle était solitaire mais aussi bien sociable ; de la campagne mais aussi bien elle aimait la vie citadine ; elle était sceptique mais dévote, émotive mais réservée – bref, elle était aussi variée et complexe que Donne lui-même. Quant à choisir un type unique de perfection humaine et se restreindre à aimer celle-là et rien qu'elle, comment Donne, ou quelque homme que ce fût qui consentît au libre jeu de ses sens et enregistrât honnêtement ses états d'âme, aurait-il pu ainsi limiter sa nature et proférer de tels mensonges pour complaire à la convention et au décorum ? N'a-t-il pas dit que « la Variété est la plus douce part de l'amour[20] » ? Et chanté que « De la musique, de la joie, de la vie, de l'éternité, / Changement est la nursery[21] » ? Les usages timides de l'époque pouvaient limiter un amant à une femme. Quant à lui, il enviait et admirait les anciens, « qui ne tenaient à crime pluralité d'amours[22] » :

Mais depuis que l'on tient la vertu pour un titre,
Notre crédulité chétive est abusée[23].

Nous voilà déchus de notre haut rang ; les lois d'or de Nature ont été abrogées.

Aussi, dans le miroir de la poésie de Donne, tantôt assombri de nuages, tantôt éclatant et limpide, pouvons-nous voir passer la procession des nombreuses femmes qu'il aima et haït – la banale Julia qu'il méprisa ; la simplette à qui il apprit l'art d'aimer ; celle qui avait un mari invalide, « en cage dans une chaise en osier[24] » ; celle qu'on ne pouvait aimer que dangereusement, par stratégie ; celle qui rêva de lui et le vit assassiné en traversant les Alpes ; celle qu'il dut dissuader de prendre le risque de l'aimer ; et enfin, l'automnale, l'aristocratique dame pour qui il éprouva plus de révérence que d'amour – ainsi passent-elles, banales et rares, simples et sophistiquées, jeunes et vieilles, nobles et plébéiennes, et chacune jette un sort différent, dévoile un amant différent quoiqu'il s'agisse du même homme, et peut-être les femmes sont-elles, également, des phases de la féminité plus que des femmes différentes et distinctes. Sur le tard, Doyen de Saint Paul, Donne aurait volontiers publié certains de ces poèmes et supprimé l'un de ces amants – le poète, probablement, de *En allant au lit* et de *Guerre d'amour.* Mais le Doyen aurait eu tort. C'est l'union de tant de désirs différents qui donne à sa poésie amoureuse non seulement sa vitalité, mais aussi une qualité qui se rencontre rarement aussi forte chez l'amant conventionnel et orthodoxe – sa spiritualité. Qui n'aime pas avec le corps peut-il aimer avec l'esprit ? Si nous n'aimons pas dans la variété, librement, nous laissant tenter d'abord par cette qualité, ensuite par cette autre, pouvons-nous trouver et choisir celle-là qui est essentielle et adhérer à elle, faisant ainsi la paix parmi les éléments en guerre, et atteindre un état de l'être qui transcende le « Lui et Elle[25] » ? Même à l'époque où il était le plus volage et laissait le plus libre cours à ses désirs de jeune homme, Donne pouvait prédire la saison de la maturité où il aimerait autrement, dans la douleur et la difficulté, une et une seule. Même quand il invectivait, méprisait, médisait, il pressentait une autre relation transcendant changement et séparation et qui pourrait, même en l'absence du corps, mener à l'unité et à la communion :

Sépare nos deux corps, tu ne peux diviser :
Nos corps si ! seulement nos âmes sont liées,
Nous pourrons nous aimer par lettres et cadeaux,
Par rêves et pensées[26] *;*

Et aussi,

Ceux qui l'un l'autre en vie se gardent,
Ne seront jamais séparés[27].

Et aussi,

Les deux sexes ainsi agencés en du neutre,
Comme lui [le Phénix], nous mourons et renaissons et sommes
Mystérieux, du fait de cet amour[28].

De tels indices et prémonitions d'un autre état plus pur le poussent et le condamnent à une perpétuelle inquiétude, à ne jamais être satisfait du présent. Il est torturé par le sentiment qu'il y a un miracle au-delà de ces plaisirs et dégoûts transitoires. Les amants peuvent, ne serait-ce qu'un moment, parvenir à un état d'unité au-delà du temps, au-delà du sexe, au-delà du corps. Et pour finir, un moment, ils l'atteignent. Dans *L'Extase* ils sont tous les deux allongés sur une grève,

Tout le jour, sans jamais changer notre posture,
Ni non plus prononcer un mot de tout le jour...[29]
Cette Extase dissout un doute, disions-nous,
Oui, et elle nous dit cela que nous aimons,
Elle nous fait le voir, ce n'était pas le sexe,
Voir que ce qui ardait, nous ne le voyions pas...[30]

Et nous savons alors, nous cette âme nouvelle,
De quoi nous sommes faits et ce qui nous compose,
Vu que les Éléments dont nous avons poussé
Sont âmes où ne peut entrer le changement.
Mais oh hélas, pourquoi exilons-nous nos corps
Si loin, et si longtemps nous en abstenons-nous ?...[31]

Mais oh hélas, il brise net, et ces mots nous rappellent que, si grand que soit notre désir de fixer Donne dans une position – car c'est dans ces Extases que des vers de pure poésie se mettent soudain à couler, comme liquéfiés par une grande chaleur –, rester ainsi dans une seule position était contraire à sa nature. Peut-être est-ce, également, contraire à la nature des choses. Donne saisit l'intensité parce qu'il est conscient du changement qui viendra altérer, du désaccord qui viendra interrompre.

Les circonstances, de toute façon, lui interdirent de demeurer bien longtemps dans l'extase. Il s'était marié secrètement ; il avait des enfants ; il était, comme il ne tarde jamais à nous le rappeler, un homme très pauvre quoique très ambitieux, vivant dans une petite maison humide à Mitcham avec toute une famille de jeunes enfants. Les enfants étaient souvent malades. Ils pleuraient, et leurs pleurs, transperçant les minces cloisons de la bicoque, le dérangeaient dans son travail. Assez naturellement, il chercha refuge ailleurs, et naturellement ce secours ne fut pas gratuit. Il fallut se concilier les faveurs de grandes dames – Lady Bedford, Lady Huntingdon, Madame Herbert[32] – aux tables bien garnies, aux beaux jardins ; il fallut plaire à des hommes riches, ayant en leur possession des chambres à donner. Ainsi, après Donne l'âpre satiriste et Donne l'amant impérieux, vient la figure servile et obséquieuse de Donne le dévot serviteur des grands, l'extravagant panégyriste de petites filles. Et voici que soudain notre rapport à lui change. Dans les satires et les poèmes d'amour, il y avait une qualité – certaine intensité et complexité psychologique – qui le fait plus proche de nous que ses contemporains, qui semblent souvent pris dans un monde différent du nôtre et vivre à l'abri de nos perplexités, soulevés par des passions que nous admirons sans pouvoir les ressentir. Quoiqu'il soit facile de pousser trop loin les affinités, nous pouvons encore affirmer notre parenté avec Donne dans notre promptitude à admettre les contrastes, dans notre désir de franchise, dans cette complexité psychologique que les romanciers nous ont enseignée dans leur lente prose analytique et subtile. Mais à présent, tandis que nous suivons Donne dans sa carrière, il nous perd en route. Il devient plus lointain, inaccessible et obsolète qu'aucun des Élisabéthains. C'est comme si l'esprit du temps, qu'il avait méprisé et raillé, affirmait ses droits et faisait du rebelle son esclave. Et comme nous perdons de vue le franc jeune homme qui haïssait la société, et l'amant passionné qui cherchait une mystérieuse unité avec son amour et miraculeusement la trouvait, tantôt ici, tantôt là, nous nous en prenons naturellement au système des mécènes et du mécénat qui séduisit ainsi le plus incorruptible des hommes. Mais peut-être allons-nous trop vite. Tout écrivain a un public en vue, et on est en droit de se demander si l'influence des Bedford, des Drury, des Herbert était pire que celle des bibliothèques et des propriétaires de journaux qui font, de nos jours, office de mécènes.

La comparaison, c'est vrai, présente de grandes difficultés. Les nobles dames qui fournirent un élément si étrange à la poésie de Donne ne vivent que dans le reflet, ou la distorsion, que nous en trouvons dans les poèmes mêmes. L'époque des mémoires et de la correspondance était encore à venir. Si elles écrivaient elles-mêmes, et l'on dit que Lady Pembroke[33] et Lady Bedford étaient des poètes de valeur, elles n'osaient pas signer ce qu'elles écrivaient, et tout s'en est perdu. Mais survit ça et là un journal qui nous permet de voir la protectrice de plus près, et de façon moins romantique. Lady Ann Clifford[34], par exemple, fille d'un Clifford et d'une Russell, quoique active et pratique et peu éduquée – elle n'eut le droit « d'apprendre aucune langue parce que son père le lui interdisait » – ressentit, comme nous permettent de l'inférer les jugements secs de son journal, un devoir envers la littérature et ceux qui la font, tout comme avant elle sa mère, la protectrice du poète Daniel[35]. Elle, grande héritière, toute enfiévrée de la passion de son époque pour les terres et les maisons, toute occupée des soucis que donnent la richesse et la propriété, lisait néanmoins de bons livres anglais aussi naturellement qu'elle mangeait du bon bœuf et du bon mouton. Elle lisait *La Reine des fées* et *L'Arcadie* de Sidney ; elle jouait, à la Cour, dans les Masques de Ben Jonson ; et qu'une fille à la mode fût capable de lire un vieux poète corrompu comme Chaucer[36] sans avoir le sentiment de s'exposer au ridicule d'être un bas-bleu, prouve en quel respect on tenait la lecture. Cette habitude faisait partie d'une vie normale et bien élevée. Et même lorsqu'elle fut à la tête d'une propriété et prétendait à de plus vastes encore, elle garda cette habitude. Elle se faisait lire Montaigne à haute voix pendant qu'elle cousait à Knole ; assise, elle s'absorbait dans

Chaucer pendant que son mari travaillait. Plus tard, quand des années de conflits et de solitude l'eurent attristée, elle revint à son Chaucer avec un profond soupir de satisfaction : « Si je n'avais ici le livre de l'excellent Chaucer pour me réconforter », écrit-elle, « je serais en un cas pitoyable avec tous les ennuis que j'ai ici, mais, quand je le lis, je m'en moque et je les prends à la légère, et une petite partie de son bel esprit s'infuse en moi. » La femme qui dit cela, quoiqu'elle n'eût jamais cherché à tenir salon ou à fonder une bibliothèque, sentait qu'il lui incombait de respecter les hommes de basse naissance et sans fortune qui savaient écrire les *Contes de Canterbury* ou *La Reine des fées*. Donne prêcha devant elle à Knole. Ce fut elle qui paya pour le premier monument à Spenser dans l'Abbaye de Westminster, et si, quand elle dressa une tombe à son vieux tuteur, elle s'étendit longuement sur ses propres vertus et titres, elle reconnut pourtant que même une aussi grande dame qu'elle, devait de la gratitude aux faiseurs de livres. Des mots de grands écrivains étaient cloués aux murs de la pièce où elle était assise, occupée à d'éternelles transactions, et l'entouraient pendant qu'elle travaillait, comme ils entouraient Montaigne dans sa tour de Bourgogne[37].

Aussi pouvons-nous inférer que la relation de Donne avec la Comtesse de Bedford fut très différente de celle qui pourrait exister de nos jours entre un poète et une comtesse. Il y entrait de la distance et de la cérémonie. Pour lui, elle était « comme un vertueux Prince lointain[38] ». La grandeur de sa charge inspirait le respect indépendamment de sa personnalité, tout comme les récompenses dont elle le gratifiait inspiraient l'humilité. Il était son Lauréat, et ses chants à sa gloire se voyaient récompensés d'invitations à séjourner à Twickenham avec elle et de ces rencontres amicales avec des puissants qui étaient si efficaces pour favoriser la carrière d'un ambitieux – et Donne avait de hautes ambitions visant non pas au renom de poète, mais au pouvoir de l'homme d'État. Si bien que lorsque nous lisons que Lady Bedford était « le chef-d'œuvre de Dieu[39] », qu'elle surpassait toutes les femmes de tous les temps, nous saisissons que ce n'est pas John Donne qui écrit à Lucy Bedford, mais la Poésie qui salue le Rang. Et cette distance servit à inspirer la raison plus que la passion. Il fallait que Lady Bedford fût une femme très intelligente, très versée dans les arcanes de la théologie, pour prendre un grand, ou un enivrant plaisir, aux louanges de son serviteur. En effet, l'extrême érudition et subtilité des poèmes de Donne à ses protectrices semble montrer qu'écrire pour un tel public a pour effet d'outrer l'ingéniosité du poète. Ce qui n'est pas de la poésie mais quelque chose de torturé et de difficile, prouvera à la protectrice que pour elle, le poète exerce son habileté. Et ensuite, de même, un poème cultivé pourra passer de main en main parmi les hommes d'État et les hommes d'affaires et prouver que le poète n'est pas un simple versificateur, mais un homme capable de tenir une charge avec responsabilité. Seulement, un changement qui fut fatal à bien des poètes – à preuve, Tennyson et les *Idylles du Roi* – ne fit que stimuler un autre aspect de la nature aux mille aspects et du cerveau aux mille facettes de Donne. Quand nous lisons les longs poèmes ostensiblement écrits à la louange de Lady Bedford, ou bien pour célébrer Elizabeth Drury[40] (*Une anatomie du monde* et *Du voyage de l'âme)*, nous sommes portés à nous demander ceci : un poète, que lui reste-t-il à écrire quand la saison de l'amour est finie ? Lorsque Mai et Juin sont passés, la plupart des poètes cessent d'écrire, ou bien chantent, faux, les chansons de leur jeunesse. Mais Donne, grâce à l'acuité et l'ardeur de son intellect, survécut aux périls de l'âge mûr. Quand « les feux satiriques qui m'avaient poussé à écrire dans le mépris de tout[41] » furent étouffés, quand « Ma Muse (car j'en avais une), vu ma froideur / Eut de moi divorcé[42] », lui resta pourtant le pouvoir de se tourner vers la nature des choses, et de disséquer ça. Même dans les jours passionnés de sa jeunesse Donne avait été un poète pensant. Il avait disséqué et analysé son amour. Se tourner à présent vers l'anatomie du monde, passer du personnel à l'impersonnel, fut le développement naturel d'une nature complexe. Et l'angle neuf que prenait à présent son esprit sous l'effet de la maturité et de l'usage du monde libéra des puissances qui étaient tenues en échec lorsqu'elles étaient dirigées contre tel courtisan particulier ou telle femme particulière. À présent, son imagination, comme libérée d'un empêchement, fuse et s'envole jusqu'à d'extravagantes exagérations. Et la fusée explose, oui ; elle s'éparpille en pluie de petites particules, toutes différentes – spéculations curieuses, comparaisons tirées par les cheveux, érudition obsolète ; mais la double pression de l'esprit et du cœur, de la raison et de l'imagination, lui donne des ailes, et elle monte, loin et vite, dans un air plus pur. S'exaltant lui-même dans l'éloge qu'il fait de la fille morte, il fuse :

Nous talonnons ou bien nous réfrénons les astres
En leur cours, et ils sont diversement contents
D'aller à notre pas. Mais est-ce que la terre
A toujours sa rondeur ? N'est-il un Ténériffe,
Ou plus haut mont encor, qui tel un Roc s'élève
Tellement haut qu'on puisse, en le voyant, penser
Que la Lune, en flottant, y va faire naufrage
Et sombrer ? Tellement profondes sont les mers
Qu'un Cachalot qu'on a tiré aujourd'hui même

Mourra, qui sait ? demain, à peine à mi-chemin
Du fond, où il voulait terminer son voyage.
Et les gars, par le fond, filent tant de cordage
Qu'on pourrait à bon droit penser qu'ils vont enfin
Au bout de tout ce fil sortir un Antipode[43].

Ou encore, Elizabeth Drury est morte et son âme s'est enfuie :

... elle ne traîne pas en l'air
Pour voir ce qu'il s'y trame en fait de Météores ;
En elle, nul désir de savoir, de sentir
Si de l'air la région médiane est intense ;
De l'Élément du feu, elle ne sait pas même
Si elle a traversé quoi que ce soit de tel ;
La Lune ? elle n'y mord, et ne veut pas savoir
Si homme vit, et meurt, dedans ce nouveau monde.
Elle passe Vénus *sans lui demander comme*
Elle peut, étant une, être Hesper *et* Vesper *;*
*Mercure, l'enjôleur, charma les yeux d'*Argus,
Mais sur elle, à présent toute œil, ne peut rien[44] *;*

Ainsi pénétrons-nous dans des contrées lointaines, jusqu'à des spéculations rares qui sont à des années-lumière de la simple fille dont la mort mit le feu aux poudres. Mais détacher des fragments de poèmes dont la vertu réside dans l'étroit agencement de leurs nerfs et l'ample force de leur souffle, c'est les diminuer. Ils veulent être lus tout au long si l'on veut saisir l'énergie et la puissance du tout, plutôt qu'admirer ces vers isolés que frappe Donne pour illuminer les étapes de notre longue ascension.

Ainsi parvenons-nous, pour finir, à la dernière section du livre, les *Sonnets sacrés* et les *Poèmes divins*. À nouveau, la poésie change en même temps que changent circonstances et années. La protectrice s'en est allée avec le besoin d'être protégé. Lady Bedford a été remplacée par un Prince encore plus vertueux et encore plus lointain. C'est à présent vers Lui que le prospère, l'important, le fameux Doyen de Saint Paul se tourne. Mais comme la poésie sacrée de ce haut dignitaire est différente de la poésie sacrée des Herbert et des Vaughan[45] ! Tandis qu'il écrit, le souvenir de ses péchés lui revient. Il a brûlé « de luxure et d'envie[46] » ; il a poursuivi des amours profanes ; il a été méprisant et volage et passionné et servile et ambitieux. Il a atteint son but, mais il est plus faible que cheval ou taureau. À présent, aussi, il est seul. « Depuis que mon aimée, pour son bien et le mien, / Est morte, ultime dette à Nature payée, (...) / J'ai l'esprit, désormais, tout aux choses du ciel[47]. » Mais comment Donne aurait-il pu – lui, ce « petit monde et très finement fait / (...) d'Éléments[48] », être absorbé dans une seule chose, quelle qu'elle fût ?

Ah, pour me tourmenter, les contraires s'unissent :
De l'instabilité, contre nature est née

Une habitude stable, et malgré mon vouloir
Je change de serments et de dévotion[49].

Il était impossible, au poète qui avait noté avec tant de curiosité le flux et le changement de la vie humaine, ses contrastes, qui était à la fois si avide de connaissance et si sceptique –

Doute, cela est sage ; en terrain inconnu,
Demander son chemin n'est pas s'en écarter ;
C'est s'endormir, qui l'est, ou prendre le mauvais[50],

– qui avait dû allégeance à tant de si grands Princes, le corps, le Roi, l'Église d'Angleterre, d'atteindre à cet état de complétude et de certitude où sont capables de se tenir les poètes de vie plus pure. Ses dévotions mêmes étaient fébriles et capricieuses. « Ainsi viennent et vont mes accès de ferveur, / Fièvre-quarte fantasque[51]. » Elles sont pleines de contrastes et de paroxysmes. Tout de même que sa poésie amoureuse au summum de sa sensualité révèle soudain le désir d'une unité transcendante « par-delà Lui et Elle », et que ses lettres les plus révérencieuses à de grandes dames se changent tout à coup en poèmes d'amour adressés par un amoureux à une femme de chair et de sang, de même ces poèmes religieux de la fin sont des poèmes d'ascension et de chute, de cris incongrus et de solennités, comme si la porte de l'église ouvrait sur le tumulte de la rue. C'est peut-être pourquoi ils excitent encore intérêt et dégoût, mépris et admiration. Car le Doyen avait gardé l'incorrigible curiosité de sa jeunesse. La tentation de dire la vérité au mépris du monde alors même qu'il avait pris tout ce que le monde avait à donner, le travaillait encore. Un intérêt têtu pour la nature de ses propres sensations tourmentait encore sa vieillesse et en brisait le repos comme il avait tourmenté sa jeunesse, faisant de lui le plus vigoureux des satiristes et le plus passionné des amants. Il n'y avait pas de repos, pas de fin, pas de solution, même ainsi parvenu au sommet de la gloire et au bord de la tombe, pour une nature tressée de fils aussi divers. Les fameux préparatifs qu'il fit lorsqu'il sentit venir la mort, posant debout dans son suaire pour la statue destinée à son monument funéraire[52], sont aux antipodes du sommeil qui s'empare de l'homme fatigué et content. Il lui faut encore faire belle figure, encore tenir debout et droit – un avertissement, peut-être, un présage certainement, mais toujours consciemment et visiblement lui-même. C'est là, finalement, une des raisons qui font que nous continuons à rechercher Donne, et que, après trois siècles et plus, nous entendons encore le son de sa voix si distinctement à travers les âges. Peut-être est-il vrai que, lorsque, par curiosité, nous disséquons et puis « inspectons chaque morceau », nous sommes comme les médecins et « nous ne savons pas pourquoi [53] », – peut-être ne pouvons-nous voir comment tant de qualités différentes s'unissent en un seul et même homme. Mais il nous suffit de le lire, de nous soumettre au son de cette voix pénétrante et passionnée, pour que sa figure à nouveau se dresse à travers les étendues des années plus droite, plus impérieuse, plus impénétrable qu'aucune de son temps. Même les éléments semblent avoir respecté cette identité. Quand l'incendie de Londres détruisit presque tout autre monument de Saint Paul, il épargna la figure de Donne, comme si les flammes mêmes avaient trouvé ce nœud trop dur à défaire, cette énigme trop difficile à lire, et cette figure trop intensément elle-même pour redevenir simple argile.

Notes

1. L'édition originale de cet essai de Virginia Woolf se trouve dans le recueil *The Common Reader*, deuxième série (The Hogarth Press, London, 1932).

2. John Donne, né à Londres en 1572, est mort en 1631.

3. Donne, *Déité de l'Amour*, vers 1.

4. Donne, *Le Cœur brisé*, début.

5. Donne, *Un cours sur l'ombre*, début.

6. Donne, *La Relique*, vers 6.

7. Donne, *Satire 1*, vers 5.

8. *Ibid.*, vers 7-8.

9. Edmund Spenser (1550-1599), poète anglais, célèbre surtout pour son long poème épique *La Reine des fées* (1590 et 1595).

10. Philip Sidney (1554-1586), auteur, entre autres, du roman *L'Arcadie*, publié en 1593.

11. Anthologie compilée par Richard Edwards (1576).

12. John Lily, auteur d'un roman en prose en deux parties, *Euphues : l'Anatomie de l'Esprit* (1578), et *Euphues et son Angleterre* (1580).

13. Donne, *Satire 4*, vers 93.

14. Christopher Marlowe, poète dramatique anglais, né en 1654, mort assassiné dans un hôtel borgne des faubourgs de Londres en 1593, après une existence aventureuse et pleine de mystères. Il nous reste de lui six

remarquables tragédies, dont *Le Juif de Malte*, *Le Massacre à Paris* et *Le Docteur Faust* sont les plus connues.

15. Ben Jonson (1572-167) est un des plus fameux représentants du théâtre élisabéthain *(Volpone ou le Renard*, *L'Alchimiste)*, et l'inventeur de la « comédie de mœurs » anglaise. Il composa également de nombreux *Masques*, spectacles musicaux et travestis, destinés au divertissement de la Cour.

16. Donne, *Satire 4*, vers 30-33.

17. *Ibid.*, vers 73-80.

18. Donne, *Élégie 8*, *La Comparaison*, vers 33-34.

19. Thomas Dekker (1572-1632), auteur de comédies et d'œuvres narratives ou satiriques, dont *L'Année extraordinaire* (1603) d'où est tiré ce passage. Il y fait le récit des trois grands événements de l'an 1603 : la mort de la reine Élisabeth, l'accession de Jacques 1er au trône, et la grande peste de Londres.

20. Donne, *L'Indifférent*, vers 20.

21. Donne, *Élégie 3*, derniers vers.

22. Donne, *Élégie 17*, vers 38.

23. *Ibid.*, vers 45-46.

24. Donne, *Élégie 1*, vers 22.

25. Donne, *L'Enterrement*, vers 20.

26. Donne, *Élégie 12*, *Sa séparation d'avec elle*, vers 69-72.

27. Donne, *Chanson*, *Très doux amour, je ne pars pas*, vers 39-40.

28. Donne, *La Canonisation*, vers 25-27.

29. Donne, *L'Extase*, vers 19-20.

30. *Ibid.*, vers 29-32.

31. *Ibid.*, vers 45-50.

32. Lucy Russell, comtesse de Bedford, et Lady Elizabeth Stanley, comtesse de Huntingdon, deux grandes dames auxquelles Donne adressa des poèmes ; Madame Magdalen Herbert, mère du poète George Herbert, fut la destinataire des *Poèmes religieux* et des *Sonnets sacrés* de Donne.

33. Mary Sidney, comtesse de Pembroke, était la sœur de Philip Sidney, avec lequel elle traduisit les Psaumes.

34. Lady Ann Clifford (1590-1676), comtesse de Dorset, Pembroke et Montgomery.

35. Samuel Daniel (1562-1619), auteur dramatique et poète, auteur, entre autres, des *Sonnets à Délia.*

36. Geoffrey Chaucer (v. 1340-1400), l'un des génies fondateurs de la poésie anglaise, universellement célèbre pour ses *Contes de Canterbury.*

37. Sic.

38. Donne, *À la comtesse de Huntingdon*, vers 44.

39. Donne, *À la comtesse de Bedford*, vers 33.

40. Elizabeth Drury mourut en 1610 à l'âge de 14 ans. C'est elle que Donne commémore dans ses deux méditations poétiques intitulées *Les Anniversaires* (*Une anatomie du monde* et *Du voyage de l'âme).*

41. Donne, *À Mr R. W.*, vers 7-8.

42. Donne, *À Mr B. B.*, vers 19-20.

43. Donne, *Une anatomie du monde*, vers 283-294.

44. Donne, *Du voyage de l'âme*, vers 189-200.

45. Henry Vaughan (1621-1695), poète anglais connu principalement pour son recueil de poèmes religieux *Silex Scintillans* (1650), écrit sous l'influence de George Herbert et de son poème intitulé *The Temple.*

46. Donne, *Sonnets sacrés*, sonnet 5, vers 11.

47. *Ibid.*, sonnet 17, vers 1-4.

48. *Ibid.*, sonnet 5, vers 1-2.

49. *Ibid.*, sonnet 19, vers 1-4.

50. Donne, *Satire 3*, vers 77-79.

51. Donne, *Sonnets sacrés*, sonnet 19, vers 12-13.

52. Walton, le premier biographe de Donne, rapporte le fait en ces termes : « Et déjà la maladie ne lui avait plus laissé que la peau sur les os. De retour au Doyenné, il trouva la force de poser pour son monument funéraire. Envoya quérir un sculpteur sur bois, pour faire exécuter une urne suivant ses propres mesures et directives, et commanda aussi une planche de bois, exactement de sa stature. Après quoi, il fit mander un portraitiste. Il fit encore placer des braseros dans son cabinet, et y vint

avec un linceul, dont, une fois dévêtu, il se drapa. L'ayant fait serrer de nœuds, au chef et aux pieds, croisa les mains dessus, comme celles des morts que l'on va ensevelir au tombeau. Et prit place sur l'urne, les yeux clos, la face dévoilée, décharnée, livide et cadavérique tournée vers l'Est, d'où il attendait le retour de Jésus, son Sauveur. Et dans cette pose, se fit portraiturer en pied, grandeur nature. Et, le tableau une fois achevé, le fit porter près de son lit, d'où il put le contempler jusqu'à sa mort. » Ce tableau, qui servit de modèle au monument actuellement visible dans la crypte de la cathédrale Saint Paul à Londres, est perdu, mais il en existe une copie sous forme d'estampe. On trouvera, dans le très beau *Dossier John Donne* réuni à l'initiative de Jean-Marie Benoist (*Dossier H*, L'Âge d'Homme, Paris 1983), les reproductions de l'estampe et du monument, ainsi que l'article *Un sermon de pierre* que leur a consacré Nigel Foxell, et dont nous avons extrait la citation ci-dessus.

53. Donne, *La Vapeur maligne*, vers 1-3 :
« *Lorsque je serai mort, sans que les Docteurs sachent*
Pourquoi, quand mes amis, par curiosité,
M'auront fait disséquer afin d'examiner
Chaque morceau... »

Poèmes sacrés et profanes

SONGS AND SONETS

CHANSONS ET SONNETS

THE GOOD-MORROW.

I wonder by my troth, what thou, and I
Did, till we loved ? were we not wean'd till then ?
But suck'd on countrey pleasures, childishly ?
Or snorted we in the seaven sleepers den ?
'T'was so ; but this, all pleasures fancies bee.
If ever any beauty I did see,
Which I desir'd, and got, 'twas but a dream of thee.

And now good morrow to our waking soules,
Which watch not one another out of feare ;
For love, all love of other sights controules,
And makes one little roome, an every where.
Let sea-discoverers to new worlds have gone,
Let Maps to other, worlds on worlds have showne,
Let us possesse one world, each hath one, and is one.

My face in thine eye, thine in mine appeares,
And true plain hearts doe in the faces rest,
Where can we finde two better hemispheares
Without sharpe North, without declining West ?
What ever dyes, was not mixt equally ;
If our two loves be one, or, thou and I
Love so alike, that none doe slacken, none can die.

LE BONJOUR.

Je me demande, au vrai, ce que toi, ce que moi,
Fimes avant d'aimer ? n'étions-nous donc sevrés ?
Tétions-nous, puérils, de rustiques plaisirs ?
Ou bien ronflions-nous au nid des Sept Dormants ?
En effet ; à part lui, tous ces plaisirs, chimères.
Et si jamais de moi beauté fut aperçue,
Désirée, eue, ce fut rien que rêve de toi.

Et maintenant bonjour, nos âmes éveillées,
Que la crainte retient de se dévisager ;
Car l'amour, d'aimer voir toute autre chose empêche,
Et change en un partout une petite chambre.
Libre aux navigateurs d'aller aux nouveaux mondes,
Aux Cartes, de montrer monde sur monde aux autres,
Nous, possédons-en-un, chacun a, est le sien.

Ma face dans ton œil, la tienne dans le mien,
Des cœurs simples et vrais reposant sur ces faces,
Où pourrions-nous trouver deux meilleurs hémi-
sphères,
Sans le tranchant d'un Nord et le déclin d'un Ouest ?
Être mortel provient d'un inégal mélange ;
Si ton amour, le mien, ne font qu'un, ou tant sont
Égaux qu'aucun ne cède, aucun ne peut mourir.

LOVERS INFINITENESSE.

If yet I have not all thy love,
Dear, I shall never have it all,
I cannot breath one other sigh, to move,
Nor can intreat one other teare to fall,
And all my treasure, which should purchase thee,
Sighs, tears, and oathes, and letters I have spent.
Yet no more can be due to mee,
Then at the bargaine made was ment,
If then thy gift of love were partiall,
That some to mee, some should to others fall,
    Deare, I shall never have Thee All.

Or if then thou gavest mee all,
All was but All, which thou hadst then ;
But if in thy heart, since, there be or shall,
New love created bee, by other men,
Which have their stocks intire, and can in teares,
In sighs, in oathes, and letters outbid mee,
This new love may beget new feares,
For, this love was not vowed by thee.
And yet it was, thy gift being generall,
The ground, thy heart is mine, what ever shall
    Grow there, deare, I should have it all.

Yet I would not have all yet,
Hee that hath all can have no more,
And since my love doth every day admit
New growth, thou should'st have new rewards in store ;

L'INFINI DES AMANTS.

Si je n'ai pas encor tout ton amour, chérie,
Alors jamais je ne l'aurai,
Il ne me reste plus un soupir à pousser,
Plus une larme à qui demander de tomber,
Et mon trésor, soupirs, serments, lettres et pleurs
Qui devaient t'acheter, je l'ai tout dépensé.
Pourtant, ne m'est dû rien de plus
Que prévu le marché conclu ;
Si, donnant ton amour, tu en as fait des parts,
Pour échoir, à moi l'une, et les autres à d'autres,
  Jamais, chérie, ne T'aurai Toute.

Et même m'aurais-tu, ce jour-là, tout donné,
C'était Tout ton avoir d'alors,
Et si, depuis, ton cœur abrite, ou doit le faire,
Quelque nouvel amour créé par d'autres hommes
Ayant leur fonds entier, pouvant, à coups de pleurs,
Serments, lettres, soupirs, sur moi surenchérir,
Il peut en naître peurs nouvelles :
Cet amour, lors, n'as garanti.
Mais non ! tu as donné ton amour au complet,
Le sol, ton cœur, est mien, il n'y peut rien pousser
  Qui ne soit, chérie, tout à moi.

Et pourtant, avoir tout, je ne veux pas encore,
Qui a tout ne peut avoir plus,
Et, mon amour poussant chaque jour un peu plus,
Il te faudrait en toi avoir de quoi payer ;

Thou canst not every day give me thy heart,
If thou canst give it, then thou never gavest it :
Loves riddles are, that though thy heart depart,
It stayes at home, and thou with losing savest it ;
But we will have a way more liberall,
Then changing hearts, to joyne them, so wee shall
    Be one, and one anothers All.

Or, me donner ton cœur chaque jour, tu ne peux,
Si tu peux le donner, c'est que tu l'as encore.
Énigmes de l'amour : ton cœur a beau partir,
Il reste à la maison, le perdant tu le sauves.
Nous nous y prendrons, nous, plus généreusement
Qu'en échangeant nos cœurs : unissons-les, alors
    Un serons, et Tout l'un de l'autre.

A FEAVER.

Oh do not die, for I shall hate
All women so, when thou art gone,
That thee I shall not celebrate,
When I remember, thou wast one.

But yet thou canst not die, I know ;
To leave this world behinde, is death,
But when thou from this world wilt goe,
The whole world vapors with thy breath.

Or if, when thou, the worlds soule, goest,
It stay, 'tis but thy carkasse then,
The fairest woman, but thy ghost,
But corrupt wormes, the worthyest men.

O wrangling schooles, that search what fire
Shall burne this world, had none the wit
Unto this knowledge to aspire,
That this her feaver might be it ?

And yet she cannot wast by this,
Nor long beare this torturing wrong,
For much corruption needful is
To fuel such a feaver long.

These burning fits but meteors bee,
Whose matter in thee is soone spent.
Thy beauty, and all parts, which are thee,
Are unchangeable firmament.

UNE FIÈVRE.

Oh non, non, ne meurs pas, sinon je vais haïr
Toutes les femmes tant, quand tu seras partie,
Que je ne pourrai pas, du coup, te célébrer,
Quand je me souviendrai que tu en étais une.

Pourtant non, je le sais, tu ne peux pas mourir,
Car la mort, c'est laisser derrière soi ce monde,
Seulement, lorsque toi tu quitteras ce monde,
Avec ton souffle lui, va tout s'évaporer.

Ou bien si, toi partie, qui es l'âme du monde,
Il reste, il ne sera plus rien que ton cadavre,
La femme la plus belle y sera ton fantôme
Et des vers corrompus les hommes les meilleurs.

Écoles qui cherchez, en disputant, quel feu
Consumera ce monde, en fut-il donc aucune
Qui eût assez d'esprit pour chercher à savoir
Si le feu en question pourrait être sa fièvre ?

Pourtant non, ce feu-là ne peut la consumer
Ni infliger longtemps son affreuse torture,
Car, pour que telle fièvre ait de quoi se nourrir
Pendant longtemps, il faut beaucoup de pourriture.

Non, ces accès brûlants ne sont que météores
Dont la matière en toi est bientôt dépensée.
Mais ta beauté, ainsi que toutes les parties
Qui sont toi, ce sont un firmament immuable.

Yet t'was of my minde, seising thee,
    Though it in thee cannot persever.
For I had rather owner bee
    Of thee one houre, then all else ever.

Pourtant, je la comprends, de te saisir ainsi
    Alors qu'elle ne peut en toi longtemps rester.
Car, vois-tu, j'aime mieux t'avoir à moi une heure
    Qu'avoir absolument tout le reste toujours.

THE ANNIVERSARIE.

All kings, and all their favorites,
All glory of honours, beauties, wits,
The sun it selfe, which makes times, as they passe,
Is elder by a yeare, now, then it was
When thou and I first one another saw :
All other things, to their destruction draw,
Only our love hath no decay ;
This, no to morrow hath, nor yesterday,
Running it never runs from us away,
But truly keepes his first, last, everlasting day.

Two graves must hide thine and my coarse,
If one might, death were no divorce.
Alas, as well as other Princes, wee,
(Who Prince enough in one another bee,)
Must leave at last in death, these eyes, and ears,
Oft fed with true oathes, and with sweet salt teares ;
But soules where nothing dwells but love
(All other thoughts being inmates) then shall prove
This, or a love increased there above,
When bodies to their graves, soules from their graves remove.

And then we shall be throughly blest,
But wee no more, then all the rest ;
Here upon earth, we're Kings, and none but wee
Can be such Kings, nor of such subjects bee.

L'ANNIVERSAIRE.

Tous les Rois, mêmement toutes leurs favorites,
Toute gloire d'honneur, de beauté et d'esprit,
Et jusques au soleil qui fait saisons passer,
Tout est plus vieux d'un an, aujourd'hui, qu'il ne fut
Le jour où toi et moi nous sommes rencontrés :
À leur perte s'en vont toutes les autres choses,
Notre amour est le seul à n'avoir de déclin,
Lui seul n'a point d'hier et point de lendemain,
Il court, pourtant toujours auprès de nous demeure,
Fidèle à son premier, dernier, éternel jour.

Cacher ton corps, le mien, exigera deux tombes,
En cas d'une, mourir ne serait pas divorce.
Hélas, tout autant que les autres Princes, nous
Qui sommes à coup sûr les Princes l'un de l'autre,
Devrons enfin quitter, morts, ces yeux, ces oreilles
Gavés de serments vrais et de pleurs doux-amers ;
Mais les âmes en qui n'habite que l'amour,
Où ne fait que passer le reste, éprouveront
Cet amour, voire accru, là-haut, quand de leurs tombes,
Les corps gagnant les leurs, les âmes s'en iront.

Et alors nous serons de part en part bénis,
Mais nous pas davantage, au vrai, que tout le reste ;
Nous sommes, ici-bas, des Rois, et nul ne peut,
Que nous, être tels Rois, l'être de tels sujets.

Who is so safe as wee ? where none can doe
Treason to us, except one of us two.
True and false feares let us refraine,
Let us love nobly, and live, and adde againe
Yeares and yeares unto yeares, till we attaine
To write threescore : this is the second of our
raigne.

Quel royaume est plus sûr que le nôtre, où personne
Ne saurait nous trahir, à moins d'un de nous deux ?
Réfrénons toutes peurs, les vraies comme les fausses,
Aimons avec noblesse, et vivons, rajoutons
Aux ans des ans, des ans, jusqu'à pouvoir écrire
Soixante : notre règne entre dans son an II.

TWICKNAM GARDEN.

Blasted with sighs, and surrounded with teares,
  Hither I come to seeke the spring,
  And at mine eyes, and at mine eares,
Receive such balmes, as else cure every thing ;
  But O, selfe-traytor, I do bring
The spider love, which transubstantiates all,
  And can convert Manna to gall,
And that this place may thoroughly be thought
  True Paradise, I have the serpent brought.

Twere wholesomer for mee, that winter did
  Benight the glory of this place,
  And that a grave frost did forbid
These trees to laugh, and mocke mee to my face ;
  But that I may not this disgrace
Indure, nor yet leave loving, Love let mee
  Some senselesse peece of this place bee ;
Make me a mandrake, so I may groane here,
  Or a stone fountaine weeping out my yeare.

Hither with christall vyals, lovers come,
  And take my teares, which are loves wine,
  And try your mistresse Teares at home,
For all are false, that tast not just like mine ;
  Alas, hearts do not in eyes shine,
Nor can you more judge womans thoughts by teares,
  Then by her shadow, what she weares.
O perverse sexe, where none is true but shee,
  Who's therefore true, because her truth kills mee.

LE JARDIN DE TWICKENHAM.

Transpercé de soupirs et submergé de pleurs,
  C'est ici que je viens pour chercher le printemps
  Et reçois dans les yeux, les oreilles, des baumes
Capables de soigner, autrement, toute chose ;
  Mais ô, traître de moi, voici que j'y apporte
L'amour, cette araignée qui transsubstantie tout
  Et qui peut aussi bien changer la Manne en fiel ;
Et, pour ce lieu changer tout à fait en un vrai
  Paradis, j'y ai, moi, le serpent apporté.

L'endroit était plus sain pour moi lorsque l'hiver
  Plongeait dedans la nuit la gloire de ce lieu,
  Et qu'un sévère gel interdisait aux arbres
De rire et se moquer ainsi de moi en face ;
  Aussi, pour m'éviter cette disgrâce, et sans
Que je cesse d'aimer, Amour, transforme-moi
  En chose de ce lieu qui ne puisse sentir,
En une mandragore, et j'y pourrai gémir,
  Ou, pour tout l'an pleurer, en fontaine de pierre.

Venez-y donc, amants ! dans des lacrymatoires
  En cristal, recueillez mes pleurs, ce vin d'amour,
  Puis, chez vous, goûtez donc ceux de votre maîtresse,
S'ils n'ont pas même goût que les miens, ils sont faux ;
  Las, dans les yeux les cœurs ne se voient pas briller,
Ses pleurs ne disent pas ce qu'une femme pense
  Plus que, de ses atours, son ombre n'en trahit.
Ô le sexe pervers, où une seule est franche
  Et c'est elle, puisque sa franchise me tue.

LOVES GROWTH.

I scarce believe my love to be so pure
As I had thought it was,
Because it doth endure
Vicissitude, and season, as the grasse ;
Me thinkes I lyed all winter, when I swore
My love was infinite, if spring make'it more.

But if this medicine, love, which cures all sorrow
With more, not onely bee no quintessence,
But mixt of all stuffes, paining soule, or sense,
And of the Sunne his working vigour borrow,
Love's not so pure, and abstract, as they use
To say, which have no Mistresse but their Muse,
But as all else, being elemented too,
Love sometimes would contemplate, sometimes do.

And yet no greater, but more eminent,
Love by the spring is growne ;
As, in the firmament,
Starres by the Sunne are not enlarged, but showne.
Gentle love deeds, as blossomes on a bough,
From loves awakened root do bud out now.
If, as in water stir'd more circles bee
Produc'd by one, love such additions take,
Those like so many spheares, but one heaven make,
For, they are all concentric unto thee.
And though each spring doe adde to love new heate,
As princes doe in times of action get
New taxes, and remit them not in peace,
No winter shall abate the springs encrease.

POUSSÉE D'AMOUR.

J'ai de la peine à croire, au vrai, que mon amour
    Soit aussi pur que je l'avais pensé,
    Pour la raison que je le vois sujet,
Comme l'herbe, à saison et à vicissitude ;
Je me dis : j'ai menti, tout l'hiver j'ai juré
Mon amour infini, printemps l'a fait pousser.

Mais lorsque ce remède, amour, qui toute peine
Soigne en la redoublant, loin d'être quintessence,
Contient tout ce qui peut blesser l'âme ou les sens
Et emprunte au Soleil son active vigueur,
L'amour n'est pas si pur, si abstrait que le disent
Ceux qui n'ont de Maîtresse aucune que leur Muse :
Etant fait d'éléments, ainsi que tout le reste,
L'amour parfois contemple, et parfois il agit.

Mais ce que le printemps fait croître, de l'amour,
    C'est l'éminence, et non pas la grandeur ;
    Le Soleil fait de même des étoiles,
Qu'il montre au firmament, mais sans les agrandir.
De doux actes d'amour, comme des fleurs aux branches,
Bourgeonnent, une fois sa racine éveillée.
Et si (comme dans l'eau qu'on agite, un seul rond
En fait d'autres) l'amour reçoit de tels ajouts,
Ils ne font qu'un seul ciel, tout comme autant de sphères,
Attendu qu'ils sont tous concentriques à toi.
Et si chaque printemps fait qu'Amour flambe à neuf,
De même que les rois, en temps de guerre, lèvent
Des impôts neufs qu'en paix ils manquent de remettre,
Nul hiver n'abattra la hausse de printemps.

THE DREAME.

Dear love, for nothing lesse then thee
Would I have broke this happy dreame,
        It was a theame
For reason, much too strong for phantasie,
Therefore thou waked'st me wisely ; yet
My Dreame thou brok'st not, but continued'st it,
Thou art so truth, that thoughts of thee suffice,
To make dreames truths, and fables histories ;
Enter these armes, for since thou thought'st it best,
Not to dreame all my dreame, let's act the rest.

As lightning, or a Tapers light,
Thine eyes, and not thy noise wak'd mee ;
        Yet I thought thee
(For thou lovest truth) an Angell, at first sight,
But when I saw thou sawest my heart,
And knew'st my thoughts, beyond an Angels art,
When thou knew'st what I dreamt, when thou knew'st when
Excesse of joy would wake me, and cam'st then,
I must confesse, it could not chuse but bee
Prophane, to thinke thee any thing but thee.

Coming and staying show'd thee, thee,
But rising makes me doubt, that now,
        Thou art not thou.
That love is weake, where feare's as strong as hee ;
'Tis not all spirit, pure and brave,
If mixture it of *Feare, Shame, Honor,* have.

LE RÊVE.

Il ne me fallait pas, cher amour, moins que toi
Pour, de ce rêve heureux, aller briser le cours,
    Et, comme il s'agissait d'un thème
Pour la raison, bien trop fort pour la fantaisie,
Tu as sagement fait de m'éveiller ; pourtant
Tu ne l'as pas brisé, tu le poursuis, mon Rêve,
Tu es tant vérité qu'à toi penser suffit
À faire vrai le rêve, et histoire la fable ;
Viens dans ces bras : puisque tu as jugé le mieux
De me couper mon rêve, eh bien ! vivons le reste.

Au vrai, ce sont tes yeux, comme éclair ou chandelle,
Non le bruit que tu fis, ce qui m'a réveillé ;
    Mais (tu aimes la vérité)
Je me suis dit, à première vue : c'est un Ange ;
Mais sitôt que j'eus vu que tu voyais mon cœur
Et savais mes pensées mieux que n'eût fait un Ange,
Puisque tu sus mon rêve et sus à quel instant
L'excès de joie allait m'éveiller, et tu vins,
Je dois bien l'avouer, ce n'eût été qu'impie
D'aller te prendre pour autre chose que toi.

Tu vins, et tu restas, c'était donc toi, bien toi,
Mais, te levant, tu fais que je doute : à présent,
    Peut-être que tu n'es pas toi ?
Faible amour, où la peur souffle aussi fort que lui ;
Il n'est pas tout esprit, il n'est ni pur ni brave
Si sont en lui mêlés *Peur*, et *Honte*, et *Honneur*.

Perchance as torches which must ready bee,
Men light and put out, so thou deal'st with mee,
Thou cam'st to kindle, goest to come ; Then I
Will dreame that hope againe, but else would die.

Peut-être, comme on fait des torches qu'on veut prêtes,
Qu'on allume et puis mouche, ainsi me traites-tu,
Venue pour allumer, partie pour revenir ?
À cet espoir je vais rerêver, ou mourir.

THE FLEA.

Mark but this flea, and marke in this,
How little that which thou deny'st me is ;
It suck'd me first, and now sucks thee,
And in this flea, our two bloods mingled bee ;
Thou know'st that this cannot be said
A sin, nor shame, nor loss of maidenhead,
    Yet this enjoyes before it wooe,
    And pamper'd swells with one blood made of two,
    And this, alas, is more then we would doe.

Oh stay, three lives in one flea spare,
Where wee almost, yea more then maryed are.
This flea is you and I, and this
Our mariage bed, and mariage temple is ;
Though parents grudge, and you, w'are met,
And cloysterd in these living walls of Jet.
    Though use make you apt to kill mee,
    Let not to that, selfe murder added bee,
    And sacrilege, three sinnes in killing three.

Cruell and sudden, hast thou since
Purpled thy naile, in blood of innocence ?
Wherein could this flea guilty bee,
Except in that drop which it suckt from thee ?
Yet thou triumph'st, and saist that thou
Find'st not thy selfe, nor mee the weaker now ;
    'Tis true, then learne how false, feares bee ;
    Just so much honor, when thou yeeld'st to mee,
    Will wast, as this flea's death tooke life from thee.

LA PUCE.

Observe cette puce, et, ce faisant, observe
À quel point est bien peu ce que tu me refuses ;
M'ayant d'abord piqué, voici qu'elle te pique,
En cette puce donc nos deux sangs sont mêlés ;
Qu'il n'y a en cela ni honte ni péché,
Tu le sais, ni non plus virginité perdue,
  Pourtant elle jouit sans avoir fait sa cour,
  Et, d'un sang fait de deux gorgée, elle se gonfle,
  Ce qui est plus, hélas, que nous ne saurions faire.

Arrête ! ne tue pas trois vies en une puce
Où nous sommes époux ou presque, et même plus.
Cette puce c'est toi, c'est moi, et c'est aussi
Le temple de la noce et le lit conjugal ;
Les parents ont eu beau, et toi, y renâcler,
Ces vivants murs de Jais nous ont unis cloîtrés.
  Tu peux me tuer, moi, selon l'usage, mais
  Ne va pas ajouter à meurtre suicide
  Et sacrilège car, trois meurtres trois péchés.

Comment ? tu as déjà, cruelle autant que prompte,
Teint ton ongle du sang pourpre de l'innocence ?
De quoi donc cette puce fut-elle bien coupable,
Sinon de cette goutte à ton sang dérobée ?
Tu triomphes pourtant, et nie le moins du monde
Te sentir à présent affaiblie plus que moi ;
  C'est vrai, aussi apprends combien tes peurs sont fausses ;
  Tu ne vas, me cédant, perdre pas plus d'honneur
  Que ne t'a pris de vie cette puce en mourant.

A NOCTURNALL UPON *S. LUCIES* DAY, BEING THE SHORTEST DAY.

'Tis the yeares midnight, and it is the dayes,
Lucies, who scarce seaven houres herself unmaskes,
The Sunne is spent, and now his flasks
Send forth light squibs, no constant rayes ;
The worlds whole sap is sunke :
The generall balme th' hydroptique earth hath drunk,
Whither, as to the beds-feet, life is shrunke,
Dead and enterr'd ; yet all these seeme to laugh,
Compar'd with mee, who am their Epitaph.

Study me then, you who shall lovers bee
At the next world, that is, at the next Spring :
For I am every dead thing,
In whom Love wrought new Alchimie.
For his art did expresse
A quintessence even from nothingnesse,
From dull privations, and leane emptinesse :
He ruin'd mee, and I am re-begot
Of absence, darknesse, death ; things which are not.

All others, from all things, draw all that's good,
Life, soule, forme, spirit, whence they beeing have ;
I, by loves limbecke, am the grave
Of all, that's nothing. Oft a flood
Have we two wept, and so
Drownd the whole world, us two ; oft did we grow
To be two Chaosses, when we did show

UN NOCTURNE SUR LA *SAINTE LUCIE*, QUI EST LE JOUR LE PLUS COURT.

C'est le minuit de l'an, et c'est celui du jour,
De *Lucie*, qui sept heures à peine se démasque,
Les gourdes du Soleil, vidé, ne lancent
Plus de rayons, mais des pétards mouillés ;
Toute sève au monde a sombré
Sous la terre, hydropique elle a tout bu le baume,
Et, comme au pied du lit, la vie s'y est serrée,
Y est morte, enterrée ; cependant, tout cela
Est plus riant que moi, qui en suis l'Épitaphe.

Étudiez-moi donc, vous qui serez amants
Dans le monde à venir, oui, le prochain
Printemps :
En effet, je suis toute chose morte,
Amour fit en moi Alchimie nouvelle.
Car son art, jusque du néant,
Des tristes privations et du vide efflanqué,
A su, en les pressant, soutirer quintessence :
Il m'a détruit, et puis m'a refait, mais d'absence,
De ténèbres, de mort, et rien de cela n'est.

Tous les autres, de tout, retirent tout le bon,
Vie, âme, forme, esprit, et en reçoivent l'être ;
Moi, l'alambic d'Amour m'a fait, de tous
Les riens, la tombe. Ah, souvent nous pleurâmes
Des torrents, tous deux, à noyer
Tout l'univers, à deux, et nous nous emportâmes
À être deux Chaos quand nous nous souciions

Care to ought else ; and often absences
Withdrew our soules, and made us carcasses.

But I am by her death, (which word wrongs her)
Of the first nothing, the Elixer grown ;
    Were I a man, that I were one,
    I needs must know ; I should preferre,
        If I were any beast,
Some ends, some means ; Yea plants, yea stones detest,
And love ; All, all some properties invest ;
If I an ordinary nothing were,
As shadow, a light, and body must be here.

But I am None ; nor will my Sunne renew.
You lovers, for whose sake, the lesser Sunne
    At this time to the Goat is runne
    To fetch new lust, and give it you,
        Enjoy your summer all ;
Since shee enjoyes her long nights festivall,
Let mee prepare towards her, and let mee call
This houre her Vigill, and her Eve, since this
Both the yeares, and the dayes deep midnight is.

D'autre chose que nous ; souvent aussi l'absence,
L'âme nous retirant, fit de nous des cadavres.

Mais voici que sa mort (le mot lui fait injure)
M'a fait, du rien premier, devenir l'Élixir ;
  Suis-je un homme ? non, car je le saurais.
  Une bête, alors ? en ce cas j'aurais,
    Parmi les fins et les moyens,
Mes préférences ; oui, car plantes, pierres, tout
Aime, et hait, tout, oui, tout a des propriétés ;
Serais-je un rien banal, comme l'ombre ? mais non,
Il faudrait qu'il y ait un corps, une lumière.

Non, moi, je suis Néant, et mon Soleil est mort.
Vous, amants, pour lesquels le Soleil amoindri
  Court à présent cueillir au Capricorne
  Un désir neuf, pour vous l'offrir ensuite,
      Jouissez tous de votre été ;
Sa fête à elle, c'est sa longue nuit, aussi
Laissez-moi m'apprêter pour elle, et appeler
Cette heure sa Vigile, et sa Veille, puisqu'elle,
De l'an comme du jour, est le minuit profond.

WITCHCRAFT BY A PICTURE.

I fixe mine eye on thine, and there
Pitty my picture burning in thine eye,
My picture drown'd in a transparent teare,
    When I looke lower I espie ;
        Hadst thou the wicked skill
By pictures made and mard, to kill,
How many wayes mightst thou perform thy will ?

But now I have drunke thy sweet salt teares,
And though thou poure more I'll depart ;
My picture vanish'd, vanish feares,
    That I can be endamag'd by that art ;
        Though thou retaine of mee
One picture more, yet that will bee,
Being in thine owne heart, from all malice free.

SORCELLERIE PAR UNE IMAGE.

Je tiens mon œil sur le tien fixe, et là,
Je plains, qui brûle en ton œil, mon image ;
Regardant plus bas, je la vois noyée
    Dans une larme transparente ;
        Si tu as l'art cruel
De tuer en faisant, défigurant, images,
De combien de façons pourrais-tu donc le faire ?

Mais vois, j'ai bu tes larmes douce-amères,
Et, quoiqu'encor tu en verses, je pars ;
Mon image enfuie, disparaît la peur
    Que cet art me puisse léser ;
        Quoique de moi tu gardes
Une image encor, pourtant celle-là
Est à l'abri du mal, puisqu'elle est dans ton cœur.

THE BAITE.

Come live with mee, and bee my love,
And wee will some new pleasures prove
Of golden sands, and christall brooks,
With silken lines, and silver hooks.

There will the river whispering runne
Warm'd by thy eyes, more then the Sunne.
And there th' inamor'd fish will stay,
Begging themselves they may betray.

When thou wilt swimme in that live bath,
Each fish, which every channell hath,
Will amorously to thee swimme,
Gladder to catch thee, then thou him.

If thou, to be so seene, beest loath,
By Sunne or Moone, thou darknest both,
And if my selfe have leave to see,
I need not their light, having thee.

Let others freeze with angling reeds,
And cut their legges, with shells and weeds,
Or treacherously poore fish beset,
With strangling snare, or windowie net:

Let coarse bold hands, from slimy nest
The bedded fish in banks out-wrest;
Or curious traitors, sleavesilke flies
Bewitch poore fishes wandring eyes.

L'APPÂT.

Viens vivre avec moi, et sois mon amour,
Nous feront goûter des plaisirs nouveaux,
Ès sables dorés et rus de cristal,
Hameçons d'argent et lignes de soie.

Là, en murmurant, courra la rivière
Que, plus que Soleil, chaufferont tes yeux,
Et là resteront les poissons épris,
Qui de se trahir supplieront eux-mêmes.

Quand tu nageras dans ce bain vivant,
Un chacun poisson, au chenal qu'il tient,
Vers toi nagera amoureusement,
Et, plus que toi lui, joyeux de te prendre.

Si tu n'aimes pas à être ainsi vue
De Lune et Soleil, tu les assombris,
Et s'il m'est permis, à moi, de te voir,
Pas besoin, t'ayant, d'avoir leur lumière.

À d'autres, geler en mouillant leur fil,
Se couper les pieds à coquille et jonc,
Ou, traîtres, serrer les pauvres poissons
De lacs étrangleurs ou nasses à jours :

Qu'en les bords vaseux, dénichent des mains
Rudes et hardies, le poisson qui dort,
Que, traîtres curieux, des mouches de soie
Charment l'œil errant du pauvre poisson.

For thee, thou needst no such deceit,
For thou thy selfe art thine owne bait ;
That fish, that is not catch'd thereby,
Alas, is wiser farre then I.

Toi, tu n'as besoin de ces duperies,
Car l'appât, tu l'as, vu que c'est toi-même ;
Et s'il est poisson qui n'y soit pas pris,
Las ! c'est qu'il est sage, et bien plus que moi.

THE APPARITION.

When by thy scorne, O murdresse, I am dead,
    And that thou thinkst thee free
    From all solicitation from me,
Then shall my ghost come to thy bed,
And thee, fain'd vestall, in worse armes shall see ;
Then thy sicke taper will begin to winke,
And he, whose thou art then, being tyr'd before,
Will, if thou stirre, or pinch to wake him, thinke
        Thou call'st for more,
And in false sleep will from thee shrinke,
And then poore Aspen wretch, neglected thou
Bath'd in a cold quicksilver sweat wilt lye
        A veryer ghost then I ;
What I will say, I will not tell thee now,
Lest that preserve thee ; and since my love is spent,
I'had rather thou should'st painfully repent,
Then by my threatnings rest still innocent.

L'APPARITION.

Quand mort de ton dédain je serai, meurtrière,
    Que tu te croiras libérée
    D'être par moi sollicitée,
Alors jusqu'à ton lit mon spectre va venir
Te voir, feinte vestale, en pires bras couchée ;
Et ta bougie malade, alors, va clignoter,
Et l'homme qui t'aura alors, déjà rompu,
Si tu bouges croira, si d'un pinçon l'éveilles,
        Que tu en redemandes,
Et fuira ton contact en feignant le sommeil,
Et pauvre Tremble, alors, tu seras, négligée,
Baignée d'une sueur d'un froid de vif-argent
        Et plus spectre que moi ;
Ce que je dirai, non, je ne te le dis pas
De peur de t'épargner : car, n'ayant plus d'amour,
Je préfère te voir souffrir du repentir,
Qu'innocente rester du fait de mes menaces.

THE BROKEN HEART.

He is starke mad, who ever sayes,
    That he hath beene in love an houre,
Yet not that love so soon decayes,
    But that it can tenne in lesse space devour ;
Who will beleeve me, if I sweare
That I have had the plague a yeare ?
    Who would not laugh at mee, if I should say,
    I saw a flaske of *powder burne a day* ?

Ah, what a trifle is a heart,
    If once into loves hands it come !
All other griefes allow a part
    To other griefes, and aske themselves but some ;
They come to us, but us Love draws,
Hee swallows us, and never chawes ;
    By him, as by chain'd shot, whole rankes doe dye,
    He is the tyran Pike, our hearts the Frye.

If 'twere not so, what did become
    Of my heart, when I first saw thee ?
I brought a heart into the roome,
    But from the roome, I carried none with mee :
If it had gone to thee, I know
Mine would have taught thine heart to show
    More pity unto mee : but Love, alas,
At one first blow did shiver it as glasse.

Yet nothing can to nothing fall,
    Nor any place be empty quite,

LE CŒUR BRISÉ.

Fou à lier, celui qui dit
Être amoureux depuis une heure,
Non que l'amour si vite meure,
Mais c'est qu'en moins de temps il en dévore dix ;
Qui donc me croira, si je jure
Que j'ai depuis un an la peste ?
Qui ne rirait de moi s'il m'arrivait de dire
Que j'ai vu *tout un jour* poire à *poudre* brûler ?

Ah, qu'un cœur est donc peu de chose
Pour peu qu'il tombe aux mains d'Amour !
Des maux, il est le seul qui veuille
Vous avoir tout à lui, sans rien laisser aux autres ;
Eux viennent à nous, lui nous tire,
Nous avale, et sans nous mâcher :
Il fauche, feu roulant, et tue par rangs entiers,
Nos cœurs sont le Fretin, lui le tyran Brochet.

Sinon, qu'est mon cœur devenu
Le jour où je t'ai rencontrée ?
Je suis entré, j'avais un cœur,
Seulement en sortant j'en étais délesté :
Fût-il allé à toi, je sais
Qu'il eût appris au tien à être
Envers moi plus pitoyable : hélas non, Amour
L'aura du premier coup brisé comme du verre.

Pourtant, rien ne retourne à rien
Et nul lieu n'est tout à fait vide,

Therefore I thinke my breast hath all
    Those pieces still, though they be not unite ;
And now as broken glasses show
A hundred lesser faces, so
    My ragges of heart can like, wish, and adore,
    But after one such love, can love no more.

Je pense donc que dans mon sein,
 Si le tout est brisé, les morceaux en demeurent ;
Mais miroir brisé, d'un visage,
Fait cent plus petits, et mon cœur
 En loques peut goûter, désirer, adorer,
 Mais, après tel amour, il ne peut plus aimer.

A VALEDICTION : FORBIDDING MOURNING.

As virtuous men passe mildly away,
    And whisper to their soules, to go,
Whilst some of their sad friends doe say,
    The breath goes now, and some say, no :

So let us melt, and make no noise,
    No teare-floods, nor sigh-tempests move,
'Twere profanation of our joyes
    To tell the laitye our love.

Moving of th' earth brings harms and fears ;
    Men reckon what it did and meant ;
But trepidation of the spheares,
Though greater farre, is innocent.

Dull sublunary lovers love
    (Whose soule is sense) cannot admit
Absence, because it doth remove
    Those things which elemented it.

But we by a love, so much refined,
    That our selves know not what it is,
Inter-assured of the mind,
    Care lesse, eyes, lips and hands to miss.

Our two soules therefore, which are one,
    Though I must go, endure not yet
A breach, but an expansion,
    Like gold to ayery thinnesse beate.

DISCOURS D'ADIEU : POUR INTERDIRE LES PLEURS.

Comme les vertueux trépassent en douceur,
    Disant en un murmure à leur âme : va-t-en,
Cependant que d'aucuns de leurs tristes amis
    Disent : le souffle part, et que d'autres le nient,

Faisons comme eux, fondons, et sans faire de bruit,
    Sans flots de larmes ni tempêtes de soupirs,
Ce serait de nos joies faire profanation
    Que d'aller aux convers raconter notre amour.

Un tremblement de terre apporte maux et peurs,
    On pèse ses méfaits et suppute son sens,
Mais dans le même temps on tient pour innocente
    La trépidation des sphères, bien plus grande.

L'amour grossier qu'éprouve un amant sublunaire
    (Dont l'âme se confond avec les sens) refuse
L'absence, parce que celle-ci lui enlève
    Les choses qui, au vrai, étaient ses éléments.

Mais nous, par un amour à ce point raffiné
    Que nous ne savons pas nous-mêmes ce qu'il est,
De l'esprit l'un de l'autre étant bien assurés,
    Perdre mains, lèvres, yeux, ne nous dérange pas.

Et donc nos âmes, deux qui ne sont qu'une seule,
    N'endurent, au moment où il me faut partir,
Pas une brèche, non, mais une expansion,
    Comme l'or sort, battu, d'aérienne minceur.

If they be two, they are two so
    As stiffe twin compasses are two,
Thy soule the fixt foot, makes no show
    To move, but doth, if th' other doe.

And though it in the centre sit,
    Yet when the other far doth roam,
It leanes, and hearkens after it,
    And growes erect, as that comes home.

Such wilt thou be to mee, who must
    Like th' other foot, obliquely runne ;
Thy firmnes makes my circle just,
    And makes me end, where I begunne.

Et si elles sont deux, alors elles sont deux
    Comme, raides jumeaux, les membres d'un compas,
Ton âme, le pied fixe, a tout l'air immobile,
    Pourtant non, il se meut en même temps que l'autre.

Et il a beau siéger, en effet, dans le centre,
    N'empêche, lorsque l'autre au loin s'en va errer,
Alors, pour ne manquer ce qu'il dit, il se penche
    Et puis se remet droit sitôt que l'autre rentre.

Pour moi telle seras, moi qui ne peux laisser,
    Semblable à l'autre pied, de courir en oblique ;
C'est ta stabilité qui rend mon cercle juste,
    Et qui me fait finir là où j'ai commencé.

THE EXTASIE.

Where, like a pillow on a bed,
    A Pregnant bank swel'd up, to rest
The violets reclining head,
    Sat we two, one anothers best.
Our hands were firmely cemented
    With a fast balme, which thence did spring,
Our eye-beams twisted, and did thred
    Our eyes, upon one double string ;
So to' entergraft our hands, as yet
    Was all the means to make us one,
And pictures in our eyes to get
    Was all our propagation.
As 'twixt two equal Armies, Fate
    Suspends uncertaine victorie,
Our souls, (which to advance their state,
    Were gone out,) hung 'twixt her, and mee.
And whilst our soules negotiate there,
    We like sepulchrall statues lay ;
All day, the same our postures were,
    And wee said nothing, all the day.
If any, so by love refin'd,
    That he soules language understood,
And by good love were growen all minde,
    Within convenient distance stood,
He (though he knew not which soule spake,
    Because both meant, both spake the same)
Might thence a new concoction take,
    And part farre purer than he came.
This Extasie doth unperplex

L'EXTASE.

Là où, pareille à un oreiller sur un lit,
Une butte Gravide offrait aux violettes
Son ventre rond afin d'y reposer leur tête,
Nous étions deux, assis, l'un de l'autre trésor.
Et nous avions les mains fermement cimentées
Par un baume puissant qui d'elles jaillissait,
Les rayons de nos yeux faisaient comme une tresse
Et enfilaient nos yeux d'un double fil unique ;
Et jusqu'alors, nos mains ainsi entregreffer
Était le seul moyen de faire un seul de nous,
Et faire naître ainsi en nos yeux des images,
Notre unique façon de nous multiplier.
Comme, entre deux armées égales, le Destin
Laisse dans le suspens la victoire incertaine,
Nos âmes qui avaient, pour être aux avant-postes,
Fait leur sortie, étaient entre elle et moi pendantes.
Et cependant que là négociaient nos âmes,
Nous, comme des gisants, nous restions étendus,
Tout le jour, sans jamais changer notre posture,
Ni non plus prononcer un mot de tout le jour.
Si d'aucun, par Amour à tel point raffiné
Qu'il eût compréhension du langage des âmes
Et que le bon amour l'eût rendu pur esprit,
Se fût trouvé posté à la bonne distance,
Eh bien (quoiqu'ignorant laquelle âme parlait,
Car toutes deux pensaient, disaient la même chose) ;
Il eût pu y trouver nouvelle potion
Et quitter cet endroit bien plus pur que devant.
Cette Extase dissout un doute, disions-nous,

(We said) and tell us what we love,
We see by this, it was not sexe,
We see, we saw not, what did move :
But as all several soules containe
Mixture of things, they know not what,
Love, these mixt soules, doth mixe againe,
And makes both one, each this and that.
A single violet transplant,
The strength, the colour, and the size,
(All which before was poore, and scant)
Redoubles still, and multiplies.
When love, with one another so
Interanimates two soules,
That abler soule, which thence doth flow,
Defects of lonelinesse controules.
Wee then, who are this new soule, know,
Of what we are compos'd, and made,
For, th' Atomies of which we grow,
Are soules, whom no change can invade.
But O alas, so long, so farre
Our bodies why doe wee forbeare ?
They are ours, though not wee, wee are
The intelligences, they the spheare.
We owe them thankes, because they thus
Did us, to us, at first convay,
Yeelded their forces, sense, to us,
Nor are drosse to us, but allay.
On man heavens influence works not so,
But that it first imprints the ayre,
Soe soule into the soule may flow,
Though it to body first repaire.

Oui, et elle nous dit cela que nous aimons,
Elle nous le fait voir, ce n'était pas le sexe,
Voir que ce qui ardait, nous ne le voyions pas.
C'est que chaque âme enclôt en soi tout un mélange,
Mais dire de quoi fait, elle ne pourrait pas,
Et l'Amour, remêlant ces âmes mélangées,
De deux fait une seule, et mêlée de chacune.
La simple violette une fois transplantée,
Sa force, sa couleur aussi bien que sa taille,
Toutes choses, avant, pauvres et misérables,
Se multiplient alors et redoublent encore.
Et lorsque Amour ainsi fait mutuellement
Deux âmes s'infuser l'une à l'autre la vie,
L'âme qui en découle, et qui est plus experte,
Corrige les défauts qu'avait chacune seule.
Et nous savons alors, nous cette âme nouvelle,
De quoi nous sommes faits et ce qui nous compose,
Vu que les Éléments d'où nous avons poussé
Sont âmes où ne peut entrer le changement.
Mais oh hélas, pourquoi exilons-nous nos corps
Si loin, et si longtemps nous en abstenons-nous ?
Quoiqu'ils ne soient pas nous, ils sont à nous, nous sommes
Les intellects, c'est vrai, mais eux, ils sont la sphère.
Grâces nous leur devons, parce que ce sont eux
Qui nous ont les premiers conduits jusques à nous,
Qui nous ont procuré leurs forces et leurs sens,
Ils ne sont pas pour nous scories, mais alliés.
Le ciel ne peut sur l'homme exercer d'influence
À moins de commencer par s'imprimer sur l'air ;
De même, en une autre âme une âme peut couler,
Quoique s'étant d'abord rendue auprès d'un corps.

As our blood labours to beget
    Spirits, as like soules as it can,
Because such fingers need to knit
    That subtle knot, which makes us man :
So must pure lovers soules descend
    T' affections, and to faculties,
Which sense may reach and apprehend,
    Else a great Prince in prison lies.
To'our bodies turne wee then, that so
    Weake men on love reveal'd may looke ;
Loves mysteries in soules do grow,
    But yet the body is his booke.
And if some lover, such as wee,
    Have heard this dialogue of one,
Let him still marke us, he shall see
    Small change, when we're to bodies gone.

Tel notre sang, qui œuvre à créer des esprits
Autant que faire se peut semblables à des âmes
Pour la raison qu'il faut de tels doigts pour nouer
Ce nœud subtil qui fait que nous sommes des hommes,
Ainsi, des purs amants toujours les âmes sont
Forcées de s'abaisser à des affections,
Des facultés, qui soient à la portée des sens,
Sinon, c'est un grand Prince au cachot enfermé.
Et donc, rallions-nous à nos corps, et qu'ainsi
Les myopes enfin découvrent notre amour.
Les mystères d'Amour fleurissent, en effet,
Dans les âmes, oui mais son livre, c'est le corps.
Et si jamais amant, un amant tel que nous,
S'est trouvé écouter ce dialogue à un seul,
Qu'il nous épie encore, et il ne verra guère
De changement lorsque nous en viendrons aux corps.

THE FUNERALL.

Who ever comes to shroud me, do not harme
Nor question much
That subtile wreath of hair, which crowns my arme ;
The mystery, the signe you must not touch ;
For'tis my outward Soule,
Viceroy to that, which then to heaven being gone,
Will leave this to controule,
And keepe these limbes, her Provinces, from dissolution.

For if the sinewie thread my braine lets fall
Through every part,
Can tye those parts, and make mee one of all ;
Those haires which upward grew, and strength and art
Have from a better braine,
Can better do't ; except she meant that I
By this should know my pain,
As prisoners then are manacled, when they're condemn'd to die.

What ere shee meant by'it, bury it with me,
For since I am
Loves martyr, it might breed idolatrie,
If into other hands these Reliques came ;
As'twas humility
To afford to it all that a Soule can doe,
So, 'tis some bravery,
That since you would save none of mee, I bury some of you.

L'ENTERREMENT.

Toi qui viendras un jour m'ensevelir, n'abîme pas,
N'interroge pas trop
Le subtil bracelet de cheveux couronnant mon bras ;
Le signe, le mystère, il n'y faut surtout pas toucher,
Car c'est mon âme du dehors,
Le vice-roi que celle à présent au ciel en allée,
Aura laissé pour contrôler
Et ensemble tenir ses Provinces que sont ces membres.

Car si les fils qu'y plonge de toutes parts mon cerveau
Sont solides assez
Pour lier ces parties, et me faire, moi, un de toutes,
Ces cheveux-là, tout droit poussés sur un cerveau
meilleur
Et tenant de lui force et art,
Le peuvent mieux encore ; à moins que son vœu
fût par là
Que j'apprisse ma peine, comme
Le prisonnier apprend, des menottes, que c'est la mort.

Mais, quoi qu'elle ait voulu, enterre avec moi cette chose,
Car je suis un martyr
De l'amour, et elle pourrait nourrir l'idolâtrie,
Pour peu qu'en d'autres mains vînt à tomber cette
Relique ;
Et si c'était humilité
D'offrir à cette chose autant que pouvait faire une Âme,
De même est-il quelque bravoure
À t'enterrer un peu, toi qui n'as, de moi, rien sauvé.

THE PRIMROSE, BEING AT MONTGOMERY CASTLE, UPON THE HILL, ON WHICH IT IS SITUATE.

Upon this Primrose hill,
Where, if Heav'n would distill
A shoure of raine, each severall drop might goe
To his owne primrose, and grow Manna so ;
And where their forme, and their infinitie
Make a terrestrial Galaxie,
As the small starres doe in the skie :
I walke to finde a true Love ; and I see
That'tis not a mere woman, that is shee,
But must, or more, or lesse than woman bee.

Yet know I not, which flower
I wish ; a sixe, or foure ;
For should my true-Love lesse then woman bee,
She were scarce anything ; and then, should she
Be more then woman, shee would get above
All thought of sexe, and thinke to move
My heart to study her, and not to love ;
Both these were monsters ; Since there must reside
Falshood in woman, I could more abide,
She were by art, then Nature falsify'd.

Live Primrose then, and thrive
With thy true number five ;
And women, whom this flower doth represent,
With this mysterious number be content ;

LA PRIMEVÈRE,
ÉTANT AU CHÂTEAU DE MONTGOMERY,
SUR LA COLLINE OÙ IL EST SIS.

Sur cette pente à Primevères,
Où, si le Ciel y distillait
Une averse de pluie, vite à sa Primevère
S'en irait chaque goutte, et Manne y deviendrait ;
Où elles, par leur forme et leur infinité,
Font, sur terre, une Galaxie,
Comme au ciel les menues étoiles,
Le vrai Amour cherchant, je me promène, et vois
Qu'être une simple femme (elle l'est), il ne peut,
Et qu'il doit être plus, ou bien moins, qu'une femme.

Pourtant j'ignore quelle fleur
Je veux : à quatre, six pétales ?
Car si mon vrai Amour était moins qu'une femme,
Il serait presque rien ; tandis que s'il était
Plus qu'une femme, alors, fi de toute pensée
De sexe, il verrait à me faire,
Non l'aimer, mais l'étudier ;
Mais deux monstres ce sont ; dès lors qu'en femme il faut
Qu'il y ait fausseté, je supporterais mieux
Que la falsifie l'art, plutôt que la Nature.

Vis donc, Primevère, et frissonne
De ton vrai chiffre, qui est cinq ;
Et vous, femmes, dont est symbole cette fleur,
En cinq, mystérieux, trouvez votre content ;

Ten is the farthest number ; if halfe ten
        Belonge unto each woman, then
        Each woman may take halfe us men ;
Or if this will not serve their turne, Since all
Numbers are odde, or even, and they fall
First into this, five, women may take us all.

Le chiffre extrême est dix ; si chacune en possède
        La moitié, alors de nous, hommes,
        Elle peut prendre la moitié ;
Mais s'il ne leur suffit, tout chiffre étant impair
Ou bien pair, et leur prime union étant cinq,
De prendre tout de nous les femmes ont pouvoir.

THE RELIQUE.

When my grave is broke up againe
Some second ghest to entertaine,
(For graves have learn'd that woman-head,
To be to more then one a Bed)
And he that digs it, spies
A bracelet of bright haire about the bone,
Will he not let'us alone,
And thinke that there a loving couple lies,
Who thought that this device might be some way
To make their soules, at the last busie day,
Meet at this grave, and make a little stay ?

If this fall in a time, or land,
Where mis-devotion doth command,
Then, he that digges us up, will bring
Us, to the Bishop, and the King,
To make us Reliques ; then
Thou shalt be a Mary Magdalen, and I
A something else thereby ;
All women shall adore us, and some men.
And since at such time, miracles are sought,
I would have that age by this paper taught
What miracles wee harmelesse lovers wrought.

First we lov'd well and faithfully,
Yet knew not what wee lov'd, nor why,
Difference of sex no more wee knew,
Then our Guardian Angells doe ;
Coming and going, wee

LA RELIQUE.

Quand on recassera ma tombe
Pour accueillir un deuxième hôte,
(Les tombes ont appris des femmes
Ce point, être plus d'un par Lit),
Et que celui qui creuse apercevra autour
De l'os un bracelet de cheveux éclatants,
Saura-t-il nous laisser en paix ?
Est-ce qu'il se dira : ci-gît un couple aimant
Qui, dans cet expédient, vit un moyen, peut-être,
De faire, en cette tombe, au dernier jour actif,
Leurs âmes se rejoindre, et séjourner un temps ?

Si cela tombe en lieu ou temps
Où règne Superstition,
Alors au Roi et à l'Évêque
Nous livrera qui nous déterre,
Et l'on fera de nous des Reliques ; alors
Tu seras une Marie-Madeleine, et moi
Autre chose, du même genre,
Nous adoreront chaque femme et quelques hommes ;
Et puisque de tels temps réclament des miracles,
Je veux que ce papier à cette époque enseigne
Ceux qu'en notre innocent amour, nous avons faits.

D'abord, aimé, fidèlement,
Mais sans savoir quoi, ni pourquoi,
Ignorant, autant que nos Anges
Gardiens, qu'il existât deux sexes ;
D'aventure, un baiser pour nous dire bonjour,

Perchance might kisse, but not between those meales;
Our hands ne'r toucht the seales,
Which nature, injur'd by late law, sets free :
These miracles wee did ; but now alas,
All measure, and all language, I should passe,
Should I tell what a miracle shee was.

Au revoir, et c'est tout, rien entre ces repas ;
    Nos mains ne touchaient pas les sceaux
Dont Nature, blessée par une loi récente,
Affranchit ; les voilà, nos miracles ; mais las !
Il me faudrait passer tout langage et mesure
Pour dire le miracle, à présent, qu'elle fut.

NEGATIVE LOVE.

I never stoop'd so low, as they
Which on an eye, cheeke, lip, can prey,
    Seldome to them, which soare no higher
    Then virtue or the minde to'admire,
For sense, and understanding may
    Know, what gives fuell to their fire :
My love, though silly, is more brave,
For may I misse, when ere I crave,
If I know yet, what I would have.

If that be simply perfectest
Which can by no way be exprest
    But *Negatives*, my love is so.
    To All, which all love, I say no.
If any who deciphers best,
    What we know not, ourselves, can know,
Let him teach mee that nothing ; This
As yet my ease, and comfort is,
Though I speed not, I cannot misse.

AMOUR NÉGATIF.

Je ne me suis jamais abaissé autant qu'eux
Qui d'œil, de joue, de lèvre, une proie peuvent faire,
    Et rarement autant que ceux dont se limite
    L'essor à admirer la vertu ou l'esprit,
Car ce qui, à leur feu, donne son combustible,
    Sens et entendement le peuvent bien savoir :
Mon amour est nigaud, mais est aussi plus brave,
Car je peux bien rater : où qu'aille mon désir,
Du diable si je sais ce que je veux avoir.

Si ce qui, simplement, est plus que tout parfait,
Est cela qui ne peut jamais que s'exprimer
    En termes *Négatifs*, mon amour, lors, est tel.
    A Tout ce qu'aiment tous, je dis carrément non.
Si, parfait déchiffreur, aucun parvient jamais
    Au savoir de ce que nous ignorons, nous-mêmes,
Qu'il m'enseigne ce rien ; pour l'heure, et jusqu'ici,
Mes aise et réconfort consistent en ceci,
Que même sans succès, je ne saurais rater.

THE COMPUTATION.

For the first twenty yeares, since yesterday,
    I scarce beleev'd, thou could'st be gone away,
For forty more, I fed on favours past,
  And forty'on hopes, that thou would'st, they might last.
Teares drown'd one hundred, and sighes blew out two,
    A thousand, I did neither thinke, nor doe,
    Or not divide, all being one thought of you ;
    Or in a thousand more, forgot that too.
Yet call not this long life ; But thinke that I
Am, by being dead, Immortall ; Can ghosts die ?

LE COMPTE.

Au cours de ces vingt ans passés depuis hier,
	À peine si j'ai cru que tu fusses partie,
Puis tes faveurs d'avant m'ont nourri quarante autres,
	Et quarante, l'espoir qu'elles pourraient durer.
Pleurs en ont noyé cent, soupirs deux cents soufflé,
	Et mille, je n'ai pu ni faire ni penser,
	Ni diviser, n'ayant qu'une pensée, pour toi ;
	Mais, en mille de plus, j'oubliai aussi ça.
Une longue vie ? non, crois plutôt que je suis
Immortel, d'être mort : les spectres, meurent-ils ?

THE PARADOX.

No Lover saith, I love, nor any other
          Can judge a perfect Lover ;
Hee thinkes that else none can, nor will agree
          That any loves but hee ;
I cannot say I lov'd, for who can say
          He was kill'd yesterday ?
Love with excesse of heat, more yong then old,
          Death kills with too much cold ;
We dye but once, and who lov'd last did die,
          Hee that saith twice, doth lye ;
For though hee seeme to move, and stirre a while,
          It doth the sense beguile.
Such life is like the light which bideth yet
          When the lights life is set,
Or like the heat, which fire in solid matter
          Leaves behinde, two houres after.
Once I lov'd and dy'd ; and am now become
          Mine Epitaphe and Tombe.
Here dead men speake their last, and so do I ;
          Love-slaine, loe, here I lye.

LE PARADOXE.

Nul amant ne dit : j'aime, et nul ne peut, que lui,
        Juger Amant parfait ;
Lui seul le peut, croit-il, et il ne veut admettre
        Qu'un autre aime, sauf lui ;
Dire : j'aimais, non plus, je ne puis, qui peut dire
        Qu'hier on l'a tué ?
Amour, de trop de chaud, tue jeunes plus que vieux,
        Et Mort, de trop de froid :
On ne meurt qu'une fois, d'avoir aimé on meurt,
        Qui dit deux fois, il ment :
On semble bouger, oui, et s'agiter un temps,
        Cela trompe les sens.
Mais cette vie ressemble à la lueur qui reste
        Quand le soleil est mort,
À la chaleur qu'un feu, en la matière dense,
        Laisse, deux heures après.
J'ai aimé, je suis mort ; et ores, de moi suis-je
        La Tombe et l'Épitaphe.
Et, tout comme les morts, j'y dis mon dernier mot :
        Ci-gît moi, mort d'amour.

A LECTURE UPON THE SHADOW.

Stand still, and I will read to thee
A Lecture, Love, in loves philosophy.
These three houres that we have spent,
Walking here, Two shadowes went
Along with us, which we our selves produc'd ;
But, now the Sunne is just above our head,
We doe those shadowes tread,
And to brave clearenesse all things are reduc'd.
So whilst our infant loves did grow,
Disguises did, and shadowes, flow,
From us, and our cares ; but, now 'tis not so.

That love hath not attain'd the high'st degree,
Which is still diligent lest others see.

Except our loves at this noone stay,
We shall new shadowes make the other way.
As the first were made to blinde
Others, these which come behinde
Will worke upon our selves, and blind our eyes.
If our loves faint, and westwardly decline,
To me thou, falsly, thine,
And I to thee mine actions shall disguise.
The morning shadowes weare away,
But these grow longer all the day,
But oh, loves day is short, if love decay.

Love is a growing, or full constant light ;
And his first minute, after noon, is night.

UN COURS SUR L'OMBRE.

Arrête-toi, Amour, je vais te faire un cours
De philosophie de l'amour.
Pendant ces trois heures passées
À marcher ensemble, deux ombres
Nous ont accompagnés, qui provenaient de nous ;
Mais voici le Soleil à l'aplomb de nos têtes,
Aussi piétinons-nous ces ombres,
Et tout se voit réduit à braver la clarté.
Ainsi, quand grandissaient nos amours en bas âge,
Des faux-semblants aussi, des ombres, s'écoulaient
De nous, de nos soucis ; mais ce temps est passé.

N'a pas encore atteint le supême degré
Amour qui cherche encore à demeurer caché.

À moins que nos amours à ce midi ne restent,
Nous allons refaire des ombres
À rebours, venant de derrière
Aveugler, non plus autrui, nous.
Si à l'ouest, défaillants, déclinent nos amours,
Tu me travestiras tes actes
Et moi de même à toi travestirai les miens.
Si s'usent peu à peu les ombres du matin,
Celles-ci, tout le jour, ne cessent de pousser,
Mais, au déclin d'Amour, qu'il tombe tôt, le jour !

L'éclat de l'Amour croît, ou est plein et constant ;
Dès son midi passé, aussitôt il fait nuit.

ELEGIE XIX : GOING TO BED.

Come, madam, come, all rest my powers defie,
Until I labour, I in labour lie.
The foe oft-times, having the foe in sight,
Is tir'd with standing though he never fight.
Off with that girdle, like heavens Zone glittering,
But a far fairer world incompassing.
Unpin that spangled breastplate which you wear,
That th'eyes of busie fooles may be stopt there.
Unlace your self, for that harmonious chyme,
Tells me from you, that now it is bed time.
Off with that happy busk, which I envie,
That still can be, and still can stand so nigh.
Your gown going off, such beautious state reveals,
As when from flowry meads th'hills shadow steales.
Off with your wyerie Coronet and shew
The haiery Diademe which on you doth grow :
Now off with those shooes, and then safely tread
In this loves hallow'd temple, this soft bed.
In such white robes, heaven's Angels us'd to be
Receaved by men ; Thou Angel bringst with thee
A heaven like Mahomets paradise ; and though
Ill spirits walk in white, we easly know,
By this these Angels from an evil sprite,
Those set our hairs, but these our flesh upright.
Licence my roaving hands, and let them go,
Before, behind, between, above, below.
O my America ! my new-found-land,
My kingdome, safliest when with one man man'd,
My Myne of precious stones, My Emperie,

ÉLÉGIE XIX : EN ALLANT AU LIT.

Venez, venez, Madame, il faut que je m'active,
Je suis dans le besoin tant que je ne besogne.
L'ennemi qui souvent a l'ennemi en vue
Est las d'être au repos sans jamais l'affronter.
Ôtez cette ceinture, étincelante Zone
D'un ciel enserrant, lui, un monde bien plus beau.
Dégrafez ce plastron lamé que vous portez
Pour arrêter les yeux des idiots affairés.
Délacez-vous, de vous ce m'est un carillon
Harmonieux qui dit : c'est l'heure du coucher.
Ôtez-moi ce corset bienheureux que j'envie
De pouvoir rester calme étant à vous collé.
Votre robe envolée, c'est si beau qu'on dirait
Les près fleuris volés à l'ombre des montagnes.
Ôtez-moi ce bandeau de métal, et montrez
Le Diadème à vous, oui, votre chevelure :
À présent, les souliers, puis montez, d'un pas sûr,
Dedans ce lit douillet, sanctuaire d'Amour.
C'est de ce blanc vêtus que les Anges du ciel
Aux hommes paraissaient ; toi, Ange, tu apportes
Un ciel, au Paradis de Mahomet semblable ;
On a vu des démons en blanc, oui, mais des Anges,
On les peut aisément distinguer à ceci,
Qu'ils font dresser le poil, et les Anges la chair.
Laisse faire mes mains rôdeuses, qu'elles aillent
Devant, derrière, et entre, et dessus, et dessous.
Mon Amérique à moi ! ô toi mon Nouveau Monde,
Mon royaume, et si sûr quand garni d'un seul homme !
Ma Mine de métaux précieux, mon Empire,

How blest am I in this discovering thee !
To enter in these bonds, is to be free ;
Then where my hand is set, my seal shall be.
      Full nakedness ! All joyes are due to thee,
As souls unbodied, bodies uncloth'd must be,
To taste whole joyes. Gems which you women use
Are like Atlanta's balls, cast in mens views,
That when a fools eye lighteth on a Gem,
His earthly soul might covet theirs, not them.
Like pictures, or like books gay coverings made
For lay-men, are all women thus array'd ;
Themselves are mystick books, which only wee
(Whom their imputed grace will dignifie)
Must see reveal'd. Then since that I may know ;
As liberally, as to a Midwife, shew
Thy self : cast all, yea, this white lynnen hence,
Here is no pennance, much less innocence.
      To teach thee, I am naked first ; why than,
What needst thou have more covering then a man ?

Que je suis donc béni, là, de te découvrir !
Tomber en ces liens, vois-tu, c'est être libre,
Où je pose la main je vais mettre mon sceau.
Totale nudité ! toutes joies te sont dues,
Pour jouir pleinement il faut âmes sans corps
Et corps déshabillés. Tous vos bijoux, ô femmes,
Sont pomme d'Atalante offerte aux yeux des hommes
Pour que, quand ceux d'un sot sur un Bijou s'allume,
En son âme terrestre il le veuille, et pas elles.
Image, couverture attrayante de livre
Pour plaire à frères lais, la femme ainsi parée ;
Mais le livre secret, c'est elle, que nous seuls
(C'est sa grâce accordée qui nous fait cet honneur)
Avons le droit de lire. Eh bien ! pour que je sache :
Tout aussi largement qu'à Sage-femme, fais-
Toi voir, et ce lin blanc, ôte-le-moi, oui, tout,
Ailleurs, la pénitence, et surtout l'innocence.
Pour t'enseigner, je suis nu le premier ; allons,
Tu n'as, pour te couvrir, besoin de rien qu'un homme.

DIVINE POEMS

POÈMES RELIGIEUX

OF
THE PROGRESSE
OF THE SOULE.

THE SECOND ANNIVERSARIE.

The entrance.

Nothing could make mee sooner to confesse
That this world had an everlastingnesse,
Then to consider, that a yeare is runne,
Since both this lower worlds, and the Sunnes Sunne,
The Lustre, and the vigor of this All,
Did set ; t'were Blasphemie, to say, did fall.
But as a ship which hath strooke saile, doth runne,
By force of that force which before, it wonne,
Or as sometimes in a beheaded man,
Though at those two Red seas, which freely ran,
One from the Trunke, another from the Head,
His soule be saild, to her eternall bed,
His eyes will twinckle, and his tongue will roll,
As though he beckned, and cal'd backe his soule,
He graspes his hands, and he puls up his feet,
And seemes to reach, and to step forth to meet
His soule ; when all these motions which we saw,
Are but as Ice, which crackles at a thaw :
Or as a Lute, which in moist weather, rings
Her knell alone, by cracking of her strings :
So strugles this dead world, now shee is gone ;
For there is motion in corruption.
As some Daies are, at the Creation nam'd,
Before the sunne, the which fram'd Daies, was fram'd,

DU VOYAGE
DE
L'ÂME.

LE DEUXIÈME ANNIVERSAIRE.

L'entrée.

Rien n'aurait plus tôt fait de me faire avouer
Que notre monde-ci a sempiternité
Que de considérer qu'une année a passé
Depuis que du bas monde ainsi que du Soleil
Le Soleil, et le Lustre, et du Tout la vigueur,
S'est couché ; " est tombé ", ce serait blasphémer.
Mais tout comme un bateau, ses voiles abattues,
Court encor, par la force auparavant gagnée,
Ou bien comme, parfois, chez un décapité,
Quoiqu'en ces Rouges mers jusque-là courant libres,
L'une depuis le Tronc, l'autre depuis la Tête,
Vers son lit éternel son âme eût mis la voile,
On voit cligner ses yeux et sa langue rouler
Comme s'il faisait signe et rappelait son âme,
Et ses mains agripper, ses jambes se dresser
Comme s'il se levait pour aller attraper
Son âme, alors qu'en fait ces mouvements qu'on voit
Ne sont que craquements d'une Glace au dégel ;
Ou comme, en temps humide, un Luth sonne tout seul
Son glas, du simple fait de ses cordes qui craquent :
De même, elle partie, se débat, mort, ce monde ;
C'est que corruption aussi est mouvement.
Comme, à la Création, on mentionne des Jours
Avant que fût formé le soleil qui les forme,

So after this sunnes set, some show appeares,
And orderly vicisitude of yeares.
Yet a new Deluge, and of *Lethe* flood,
Hath drown' us all, All have forgot all good,
Forgetting her, the maine Reserve of all ;
Yet in this Deluge, grosse and generall,
Thou seest mee strive for life ; my life shall bee,
To bee hereafter prais'd, for praysing thee,
Immortal Mayd, who though thou wouldst refuse
The name of Mother, be unto my Muse,
A Father, since her chast Ambition is,
Yearely to bring forth such a child as this.
These Hymnes may worke on future wits, and so
May great Grand-children of thy praises grow.
And so, though not revive, enbalme, and spice
The world, which else would putrifie with vice.
For thus, Man may extend thy progeny,
Untill man doe but vanish, and not die.
These Hymns thy issue, may encrease so long,
As till Gods great *Venite* change the song.

A just disestimation
of this world

Thirst for that time, O my insatiate soule,
And serve thy thirst, with Gods safe-sealing Bowle.
Bee thirstie still, and drinke still till thou goe ;
'Tis th'onely Health, to be Hydropique so.
Forget this rotten world ; And unto thee
Let thine owne times as an old story bee,
Be not concern'd : studie not why, nor whan ;
Do not so much, as not beleeve a man.
For though to erre, be worst, to try truths forth,
Is far more busines, then this world is worth.

Ainsi, ce soleil-ci couché, on s'imagine
Voir défiler encore, en ordre, les années.
Mais un nouveau Déluge, une crue du *Léthé*,
Nous a tous noyés, tous, nous avons oublié
Tout bien, en l'oubliant, qui l'avait presque tout ;
Pourtant, en ce Déluge entraînant tout, global,
Je lutte pour la vie, vois-tu ; ma vie sera
Louée, à l'avenir, et de t'avoir louée,
Toi qui refuserais, Vierge immortelle, d'être
Appelée une Mère ; ausssi, sois pour ma Muse
Un Père, car elle a pour chaste Ambition
De faire chaque année un tel enfant. Ces Hymnes
Sur des esprits futurs pourraient porter ; du coup,
Cet éloge de toi, être arrière-grand-père.
Le monde y gagnerait, à défaut de revivre,
Baume, épice, autrement le pourrirait le vice.
Oui, l'Homme peut ainsi propager sa lignée
Jusqu'à sa mort ; sa mort ? non, sa disparition.
Ces Hymnes, tes enfants, vont pouvoir provigner
Jusqu'au grand *Venite* de Dieu, autre chanson.

Un juste mépris de ce monde.

De ce temps-là, aie soif, mon âme insatiable,
Et attise ta soif au salvateur Ciboire.
Aie toujours soif, et bois jusques à ton départ ;
Cette Hydropisie-là, c'est l'unique Santé.
Il est pourri, ce monde, oublie-le ; fais en sorte
Que l'époque où tu vis soit de l'histoire ancienne,
Ne sois pas concerné, ne cherche quand ni cause,
Ne te fatigue pas à ne pas croire un homme.
Si se tromper est pis, chercher la vérité
Est se donner tracas plus que n'en vaut ce monde.

The World is but a Carkas ; thou art fed
By it, but as a worme, that carcas bred ;
And why shouldst thou, poore worme, consider more,
When this world will grow better then before,
Then those thy fellow-wormes doe thinke upone
That carkasses last resurrectione.
Forget this world, and scarse thinke of it so,
As of old cloaths, cast of a yeare agoe.
To be thus stupid is Alacritie ;
Men thus lethargique have best Memory.
Looke upward ; that's towards her, whose happy state
We now lament not, but congratulate.
Shee, to whom all this world was but a stage,
Where all sat harkning how her youthfull age
Should be emploid, because in all, shee did,
Some Figure of the Golden times, was hid.
Who could not lacke, what e'r this world could give,
Because shee was the forme, that made it live ;
Nor could complaine, that this world was unfit
To be staid in, then when shee was in it ;
Shee that first tried indifferent desires
By vertue, and vertue by religious fires,
Shee to whose person Paradise adhear'd,
As Courts to Princes, shee whose eyes enspheard
Star-light inough, t'have made the South controule,
(Had shee beene there) the Star-full Northern Pole,
Shee, shee is gone ; shee is gone ; when thou knowest this,
What fragmentary rubbidge this world is
Thou knowest, and that it is not worth a thought ;
He honors it too much that thinkes it nought.

Le Monde est un Cadavre ; oh certes, il te nourrit,
Mais comme un ver, un ver qu'a fait naître un cadavre.
Et pourquoi devrais-tu, pauvre ver, supputer
Quand est-ce que le monde sera enfin meilleur,
Plus que tes amis vers ne s'interrogent sur
La résurrection, enfin, de ce cadavre ?
Oublie ce monde, à peine y dois-tu penser plus
Qu'à des vieux vêtements jetés l'année dernière.
C'est avoir l'esprit Vif, que d'être ainsi stupide ;
Cette Léthargie-là est parfaite Mémoire.
Regarde vers le haut, j'entends, la bienheureuse
Que nous ne plaignons plus, que nous congratulons ;
Pour qui le monde entier n'était rien qu'une scène,
Et le public oyait l'emploi qu'elle ferait
De sa jeunesse, car, en tout ce qu'elle fit,
Était dissimulé un Trait de l'Âge d'Or ;
Qui avait tout ce que ce monde peut donner,
Elle en était la forme, elle le faisait vivre,
Et ne pouvait pas dire, en se plaignant : ce monde
Ne vaut pas qu'on y reste, alors qu'elle y était ;
Elle, qui raffina les vains désirs au feu
De vertu, puis vertu à ceux d'un pieux zèle,
Elle, à qui adhérait, comme aux Princes les Cours,
Le Paradis, et qui avait assez d'étoiles
En ces sphères, ses yeux, pour que le Pôle Sud,
S'y fût-elle trouvée, plus que Nord scintillât,
Oui, elle, elle est partie, partie ; quand on sait ça,
On sait quelle immondice, et quel fragment, ce monde,
Qu'il ne mérite pas de nous une pensée,
Même y voir un néant, c'est bien trop l'honorer.

Contemplation of our state in our death-bed.

Thinke then, my soule, that death is but a Groome,
Which brings a Taper to the outward roome,
Whence thou spiest first a glimmering light,
And after brings it nearer to thy sight:
For such approches doth heaven make in death.
Thinke thy selfe laboring now with broken breath,
And thinke those broken and soft Notes to bee
Division, and thy happiest Harmonee.
Thinke thee laid on thy death bed, loose and slacke;
And thinke that but unbinding of a packe,
To take one precious thing, thy soule, from thence.
Thinke thy selfe parch'd with fevers violence,
Anger thine Ague more, by calling it
Thy Physicke; chide the slacknesse of the fit.
Thinke that thou hearst thy knell, and think no more,
But that, as Bels cal'd thee to Church before,
So this, to the Triumphant Church, cals thee.
Thinke Satans Sergeants round about thee bee,
And thinke that but for Legacies they thrust;
Give one thy Pride, to'another give thy Lust:
Give them those sinnes which they gave thee before,
And trust th'immaculate blood to wash thy score.
Thinke thy friends weeping round, and thinke that thay
Weepe but because they goe not yet thy way.
Thinke that they close thine eyes, and thinke in this,
That they confesse much in the world, amisse,
Who dare not trust a dead mans eye with that,
Which they from God, and Angels cover not.
Thinke that they shroud thee up, and think from thence
They reinvest thee in white innocence.

Contemplation de notre état
sur notre lit de mort.

La Mort n'est qu'un Valet, mon âme, dis-toi ça,
Qui vient dans l'Antichambre avec une bougie,
Tout d'abord, tu ne vois qu'une faible lueur,
Aussi l'approche-t-il de ton regard encor :
C'est ainsi que le Ciel s'approche dans la mort.
Pense-toi à présent peinant, le souffle court,
Et pense : ces sons sourds, entrecoupés, ce sont
Désunion, et ta plus heureuse Harmonie.
Pense-toi sur ce lit de mort, flasque, défait,
Et pense : ce n'est rien, on défait un paquet
Pour y prendre l'unique objet de prix, ton âme.
Pense-toi desséché d'une fièvre brûlante,
Et pour l'irriter plus, dis qu'elle est ton Remède
Et reproche à l'accès son manque de vigueur.
Pense entendre ton glas, et pense : avant, les cloches
M'appelaient à l'église, à présent celle-ci
Me sonne pour gagner l'Église Triomphante.
Pense-toi entouré de Sergents de Satan
Et pense : ils sont venus pour piller l'héritage ;
Donne à l'un ton Orgueil, à l'autre ta Luxure :
Donne-leur ces péchés qu'ils t'ont d'abord donnés,
À l'impeccable sang fie-toi pour tout laver.
Pense, en pleurs, tes amis autour de toi, et pense
Qu'ils pleurent seulement de ne partir aussi.
Pense-les te fermant les yeux, et pense alors
Qu'ils confessent par là que le monde va mal,
Et n'osent confier aux yeux d'un homme mort
Ce qu'ils ne cachent pas à Dieu ni à ses Anges.
Pense qu'en un linceul ils te mettent, et pense
Que de blanche innocence ainsi ils te revêtent.

Thinke that thy body rots, and (if so lowe,
Thy soule exalted so, thy thoughts can goe,)
Thinke thee a Prince, who of themselves create
Wormes which insensibly devoure their State.
Thinke that they bury thee, and thinke that rite
Laies thee to sleepe but a Saint Lucies night.
Thinke these things cheerefully : and if thou bee
Drowsie or slacke, remember then that shee,
Shee whose Complexion was so even made,
That which of her Ingredients should invade
The other three, no Feare, no Art could guesse :
So far were all remov'd from more or lesse ;
But as in Mithridate, or just perfumes,
Where all good things being met, no one presumes
To governe, or to triumph on the rest,
Onely because all were, no part was best ;
And as, though all doe know, that quantities
Are made of lines, and lines from Points arise,
None can these lines or quantities unjoynt,
And say this is a line, or this a point,
So though the Elements and Humors were
In her, one could not say, this governes there ;
Whose even constitution might have wonne
Any disease to venter on the Sunne,
Rather then her : and make a spirit feare
That hee to disuniting subiect were ;
To whose proportions if we would compare
Cubes, th'are unstable ; Circles, Angulare ;
Shee who was such a Chaine, as Fate employes
To bring mankind, all Fortunes it enjoyes ;
So fast, so even wrought, as one would thinke,
No Accident, could threaten any linke ;

Pense : mon corps pourrit, et (si tes pensées peuvent
Aller tellement bas quand ton âme est si haut)
Pense : je suis un Prince, un de ceux qui engendrent
Des vers, qui leur État dévorent peu à peu.
Pense : on m'enterre, et pense : eh quoi ? je vais dormir
Comme une nuit, pas plus, de la Sainte Lucie.
Pense à tout ça gaiement : et si tu as sommeil
Ou si tu es tout flasque, alors souviens-toi qu'elle,
Elle qui possédait Complexion égale
Au point que Peur ni Art n'eussent pu deviner
Quel de ses Ingrédients chasserait les trois autres,
Tellement chacun d'eux ignorait plus et moins,
Tout comme, en mithridate ou parfums bien dosés
Où il n'est que du bon, il n'est rien qui prétende
Exercer le pouvoir ou triompher du reste,
Car, dès lors que tout est le meilleur, rien ne l'est ;
Et comme, alors pourtant qu'on sait les quantités
De lignes engendrées, comme de Points les lignes,
On ne peut désunir quantité plus que ligne
Et dire : là, un point, ni : voici une ligne,
Ainsi, des Éléments et des Humeurs en elle,
On ne pouvait pas dire : ah, c'est ça qui gouverne ;
Elle, et son naturel si égal qu'il eût su
Faire les maladies au Soleil s'attaquer
Plutôt qu'à elle, et fait que même un pur esprit
A peur d'être sujet à la désunion ;
Et ses proportions ! à elles comparés,
Les Cercles sont carrés et les Cubes instables ;
Elle, une chaîne ainsi qu'en emploie le Destin
Pour à l'humanité tirer toutes Fortunes ;
Solide, égale, au point qu'on n'aurait pu penser
Qu'Accident pût jamais en menacer maillon ;

Shee, shee embrac'd a sicknesse, gave it meat,
The purest Blood, and Breath, that ere it eate ;
And hath taught us, that though a good man hath
Title to Heaven, and plead it by his Faith,
And though he may pretend a conquest, since
Heaven was content to suffer violence,
Yea though hee plead a long possesion too,
(For they're in Heaven on Earth, who Heavens
workes do,)
Though hee had right, and power and place, before,
Yet Death must usher, and unlocke the doore.

Incommodities of the Soule in the Body.

Thinke further on thy selfe, my Soule, and thinke,
How thou at first was made but in a sinke ;
Thinke that it argued some infermitee,
That those two soules, which then thou foundst in mee,
Thou fedst upon, and drewst into thee, both
My second soule of sense, and first of growth.
Thinke but how poore thou wast, how obnoxious,
Whom a small lumpe of flesh could poyson thus.
This curded milke, this poore unlittered whelpe
My body, could, beyound escape, or helpe,
Infect thee with originall sinne, and thou
Couldst neither then refuse, nor leave it now.
Thinke that no stubborne sullen Anchorit,
Which fixt to'a pillar, or a Grave, doth sit
Bedded, and bath'd in all his ordures, dwels
So fowly as our Soules, in their first-built Cels.
Thinke in how poore a prison thou didst lie
After, enabled but to suck, and crie.
Thinke, when t'was growne to most, t'was a poore Inne,

Elle, elle, prit un mal, et elle le nourrit
Des plus purs Souffle et Sang qu'il eût jamais mangés,
Et nous apprit que, si homme de bien a droit
Au Ciel, assurément, et sur sa Foi le plaide,
Et peut même prétendre à s'en emparer, puisque
Le Ciel a consenti à souffrir violence,
S'il peut même plaider la possession longue
(Car œuvrer pour le ciel, c'est être au ciel sur terre),
Eût-il ainsi, avant, droit, pouvoir, lieu, n'empêche,
La Mort doit, en huissier, déverrouiller la porte.

Incommodités de l'Âme dans le Corps.

Pense encore plus avant à toi, mon Âme, et pense
Que c'est dans un égout que l'on te fit d'abord ;
Pense que cela prouve infirmité, d'avoir
Dû manger, ingérer les deux âmes qu'alors
Tu as trouvées en moi, j'entends la sensitive
Et seconde, aussi bien que la végétative.
Pense ô combien alors démunie, exposée,
Qu'ainsi t'empoisonnât un petit tas de chair !
Lait tourné, pauvre chiot même pas accouché,
Mon corps put, sans espoir de fuite ni secours,
T'infecter du péché originel ; alors,
Tu ne pus refuser plus qu'à présent sortir.
Pense qu'il n'est Ermite entêté et morose,
Fixé à une Tombe ou un Pilier, qui n'ait,
Dormant dans son ordure et s'y baignant, logis
Moins infect que notre Âme en sa prime cellule.
Pense où tu fus ensuite, oh la pauvre prison !
À part téter, pleurer, tu ne pouvais rien faire.
Pense qu'une fois grand, ce fut un pauvre asile,

A Prouince pack'd up in two yards of skinne,
And that usurp'd, or threatned with the rage
Of sicknesses, or their true mother, Age.

Her liberty by death.

But thinke that Death hath now enfranchis'd thee,
Thou hast thy'expansion now, and libertee ;
Thinke that a rusty Peece, discharg'd, is flowne
In peeces, and the bullet is his owne,
And freely flies : This to thy Soule allow,
Thinke thy shell broke, thinke thy Soule hatch'd but now.
And think this slow-pac'd soule, which late did cleave
To'a body, and went but by the bodies leave,
Twenty, perchance, or thirty mile a day,
Dispatches in a minute all the way
Twixt Heaven, and Earth ; shee stayes not in the ayre,
To looke what Meteors there themselves prepare ;
Shee carries no desire to know, nor sense,
Whether th'ayrs middle Region be intense,
For th'Element of fire, shee doth not know,
Whether shee past by such a place or no ;
Shee baits not at the Moone, nor cares to trie
Whether in that new world, men live, and die.
Venus retards her not, to'enquire, how shee
Can, (being one starre) *Hesper*, and *Vesper* bee ;
Hee that charm'd *Argus* eyes, sweet *Mercury*,
Workes not on her, who now is growne all eye ;
Who, if shee meet the body of the Sunne,
Goes through, not staying till his course be runne ;
Who finds in *Mars* his Campe, no corps of Guard ;
Nor is by *Iove*, nor by his father barr'd ;
But ere she can consider how she went,
At once is at, and through the Firmament.

Province enveloppée dans une aune de peau,
Aux mains d'usurpateurs, menacée de la rage
Des fièvres, et de l'Âge, il en est le vrai père.

Sa liberté par la mort.

Mais pense que la Mort t'a enfin affranchie,
Tu peux t'épanouir, à présent, tu es libre ;
Pense au fusil rouillé qu'on décharge et qui vole
En éclats, mais la balle, alors oui, s'appartient
Et vole librement : permets-le à ton Âme,
Pense : l'œuf est brisé, et elle en sort à peine.
Et pense que cette âme au pas lent, qui naguère,
Enchaînée à un corps, s'arrêtait à son ordre,
Après vingt, ou parfois, trente milles par jour,
Expédie le chemin qui va d'ici au Ciel
En rien qu'une minute ; elle ne traîne en l'air
Pour voir ce qu'il s'y trame en fait de Météores ;
En elle, nul désir de savoir, de sentir
Si de l'air la région médiane est intense ;
De l'Élément du feu, elle ne sait pas même
Si elle a traversé quoi que ce soit de tel ;
La Lune ? elle n'y mord, et ne veut pas savoir
Si homme vit, et meurt, dedans ce nouveau monde.
Elle passe *Vénus* sans lui demander comme
Elle peut, étant une, être *Hesper* et *Vesper ;*
Mercure, l'enjôleur, charma les yeux d'*Argus*,
Mais sur elle, à présent toute œil, ne peut rien ;
Elle qui, rencontrant le corps du Soleil, passe
À travers, et qui court au bout de sa carrière
Sans, dans le camp de *Mars*, trouver de corps de Gardes,
Ni trouver, en travers, *Jupiter* ni son père ;
Mais qui, sans même avoir considéré comment,
Se trouve au Firmament, d'un coup, et le traverse.

And as these starres were but so many beads
Strung on one string, speed undistinguish'd leads
Her through those Spheares, as through the beads, a string,
Whose quick succession makes it still one thing:
As doth the pith, which, least our bodies slacke,
Strings fast the little bones of necke, and backe;
So by the Soule doth death string Heaven and Earth;
For when our Soule enjoyes this her third birth,
(Creation gave her one, a second, grace,)
Heaven is as neare, and present to her face,
As colours are, and obiects, in a roome
Where darknesse was before, when Tapers come.
This must, my Soule, thy long-short Progresse bee;
To'advance these thoughts, remember then, that shee,
Shee, whose faire body no such prison was,
But that a Soule might well be pleas'd to passe
An age in her; shee whose rich beauty lent
Mintage to other beauties, for they went
But for so much, as they were like to her;
Shee, in whose body (if wee dare prefer
This low world, to so high a marke, as shee,)
The Westerne treasure, Easterne spicerie,
Europe, and Afrique, and the unknowne rest
Were easily found, or what in them was best;
And when w'have made this large discoverie,
Of all in her some one part then will bee
Twenty such parts, whose plenty and riches is
Enough to make twenty such worlds as this;
Shee, whom they had knowne, who did first betroth
The Tutelar Angels, and assign'd one, both
To Nations, Cities, and to Companies,

Et ces astres, alors, sont comme autant de perles
Qu'on passe sur un fil, en rien de temps voilà
Qu'en ces sphères passant comme un fil en les perles,
D'un coup elle les change en une seule chose :
La mœlle aussi, de peur que le corps ne faiblisse,
Les petits os du cou et ceux du dos enfile :
La mort ainsi, par l'Âme, enfile Ciel et Terre ;
Car, quand l'Âme ainsi jouit de sa tierce naissance,
(Création la fit naître, et puis grâce renaître),
Le Ciel est aussi proche, et présent à sa face,
Que couleurs et objets le sont, en une pièce
Jusque-là dans le noir, quand les flambeaux y viennent.
Mon Âme, tel sera ton long Voyage court ;
Et pour y penser plus, alors souviens-toi qu'elle,
Elle dont le beau corps était telle prison
Qu'une Âme volontiers y eût passé une ère,
Elle dont la beauté opulente prêtait
Aux autres sa monnaie, ces beautés n'avaient cours
Et ne valaient qu'autant qu'elles lui ressemblaient,
Elle, en le corps de qui (si l'on ose élever
Ce bas monde aussi haut que le trait qu'elle fut)
On découvrait sans mal tous les trésors de l'Ouest,
Les épices de l'Est, et l'Europe et l'Afrique
Et le reste, inconnu, ou bien tout leur meilleur,
Mais, ces grands continents une fois découverts,
Il restera encore, en chaque partie d'elle,
Vingt parties d'une telle opulence et richesse
Qu'on en peut faire vingt comme ce monde-ci ;
Elle à qui, en eût-elle été connue, ceux qui
Fiancèrent d'abord les Anges Tutélaires,
D'une part aux Cités, Nations, Compagnies,

To Functions, Offices, and Dignities,
And to each severall man, to him, and him,
They would have given her one for every limbe ;
Shee, of whose soule, if we may say, t'was Gold,
Her body was th'Electrum, and did hold
Many degrees of that ; wee understood
Her by her sight ; her pure, and eloquent blood
Spoke in her cheekes, and so distinctly wrought,
That one might almost say, her body thought,
Shee, shee, thus richly, and largely hous'd, is gone :
And chides us slow-pac'd snailes, who crawle upon
Our prisons prison, earth, nor thinke us well,
Longer, then whil'st wee beare our brittle shell.

Her ignorance in this life
and knowledge in the next.

But t'were but little to have chang'd our roome,
If, as we were in this our living Tombe
Oppress'd with ignorance, we still were so.
Poore soule, in this thy flesh what do'st thou know ?
Thou know'st thy selfe so little, as thou know'st not,
How thou did'st die, nor how thou wast begot.
Thou neither know'st, how thou at first came in,
Nor how thou took'st the poyson of mans sin.
Nor dost thou, (though thou knowst, that thou art so)
By what way thou art made immortall, know.
Thou art to narrow, wretch, to comprehend
Even thy selfe : yea though thou wouldst but bend
To know thy body. Have not all soules thought
For many ages, that our body'is wrought
Of Ayre, and Fire, and other Elements ?
And now they thinke of new ingredients,
And one Soule thinkes one, and another way

Aux Charges, Fonctions ainsi qu'aux Dignités,
D'autre part à chaque homme, à lui, à lui, à lui,
En auraient donné un pour chacun de ses membres ;
Elle dont, si l'on dit que son Âme était d'Or,
On peut dire : son corps, en étant l'Électrum,
En contenait beaucoup ; sa vue nous suffisait
Pour la comprendre, car, éloquent, son sang pur
S'exprimait sur ses joues, et si distinctement
Qu'on eût presque pu dire : elle a le corps qui pense ;
Elle, elle, elle a quitté ce palais somptueux,
Et nous gronde, lambins, escargots qui rampons
Sur la terre, prison de notre autre prison,
Et pensons n'être bien que dans notre coquille.

Son ignorance en cette vie
et son savoir en l'autre.

Mais ce serait bien peu, d'avoir changé de place,
Si nous demeurions tels, accablés d'ignorance,
Que nous avait connus notre Tombe vivante.
Dans ta chair que voici, pauvre Âme, que sais-tu ?
Tu te connais si peu, que tu ne sais pas même
Comment tu pris naissance, ou comment tu es morte.
Tu ne sais pas non plus comment tu es entrée,
Ni comment tu mangeas le poison du péché.
Et comment (que tu l'es, tu le sais bien, pourtant)
On te fit immortelle, aussi bien tu l'ignores.
Tu es trop à l'étroit, ma pauvre, pour étreindre
Ne serait-ce que toi, rien que pour te pencher
À connaître ton corps. Combien de temps les âmes
N'ont-elles pas pensé, toutes, notre corps fait
D'Air, de Feu, et aussi des autres Éléments ?
Mais à présent, pensant d'autres ingrédients,
Telle Âme pense ci, telle autre pense ça,

Another thinkes, and t'is an even lay.
Know'st thou but how the stone doth enter in
The bladders cave, and never breake the skin ?
Know'st thou how blood, which to the heart doth flow,
Doth from one ventricle to th'other goe ?
And for the putrid stuffe, which thou dost spit,
Know'st thou how thy lungs have attracted it ?
There are no passages, so that there is
(For ought thou know'st) piercing of substances.
And of those many opinions which men raise
Of Nailes and Haires, dost thou know which to praise ?
What hope have wee to know our selves, when wee
Know not the least things, which for our use bee ?
We see in Authors, too stiffe to recant,
A hundred controversies of an Ant ;
And yet one watches, starves, freeses, and sweats,
To know but Catechismes and Alphabets
Of unconcerning things, matters of fact ;
How others on our stage their parts did Act ;
What *Cæsar* did, yea, and what *Cicero* said.
Why grasse is greene, or why our blood is red,
Are mysteries which none have reach'd unto.
In this low forme, poore soule, what wilt thou doe ?
When wilt thou shake off this Pedantery,
Of being taught by sense, and Fantasie ?
Thou look'st through spectacles ; small things seeme great
Below ; But up unto the watch-towre get,
And see all things despoyl'd of fallacies :
Thou shalt not peepe through lattices of eyes,
Nor heare through Labyrinths of eares, nor learne

Et ça ne change rien, en tout cas, à l'affaire.
Dis, sais-tu seulement comment entre la pierre
Au creux de la vessie sans en rompre la peau ?
Sais-tu comment le sang qui coule vers le cœur
S'arrange pour passer d'un ventricule à l'autre ?
Et la cochonnerie putride que tu craches,
Sais-tu comment ils l'ont attirée, tes poumons ?
Pas de passage, et donc il faut que les substances
Aient en elles des trous (pour autant que tu saches).
Et, ès les maints avis qu'on exprime à propos
Des Ongles, des Cheveux, sais-tu quel est le bon ?
Quel espoir avons-nous de nous connaître, alors
Que nous ignorons tout ce qui peut nous servir ?
On lit dans des Auteurs, trop raides pour fléchir,
Mille discussions traitant d'une Fourmi ;
Pourtant, on veille, on jeûne, et l'on gèle et l'on sue
Pour n'apprendre que ça, Alphabets, Catéchismes
Sur des questions de fait, des points sans importance,
Comment, sur notre scène, un tel joua son rôle,
Ce que *César* a fait, ce qu'a dit *Cicéron*.
Pourquoi notre sang rouge, et pourquoi l'herbe
verte ?
Personne, jusqu'ici, n'a percé ces mystères.
Que feras-tu, pauvre âme, à si petite école ?
Quand t'affranchiras-tu de cette Cuistrerie,
D'être instruit par les sens et par la Fantaisie ?
Tu regardes à travers des lunettes ; en bas
Le petit semble grand ; mais sur la tour de guet
Monte, et sans faux-semblant vois toute chose à nu :
Plus besoin d'épier par le treillis des yeux,
Ni de, labyrinthique, écouter par l'oreille,

By circuit, or collections to discerne.
In Heaven thou straight know'st all, concerning it,
And what concernes it not, shall straight forget.
There thou (but in no other schoole) maist bee
Perchance, as learned, and as full, as shee,
Shee who all Libraries had throughly read
At home in her owne thoughts, and practised
So much good as would make as many more :
Shee whose example they must all implore,
Who would or doe, or thinke well, and confesse
That all the vertuous Actions they expresse,
Are but a new, and worse edition
Of her some one thought, or one action :
Shee, who in th'art of knowing Heaven, was growne
Here upon earth, to such perfection,
That shee hath, ever since to Heaven shee came,
(In a far fairer print,) but read the same :
Shee, shee, not satisfied with all this waight,
(For so much knowledge, as would over-fraight
Another, did but ballast her) is gone,
As well t'enioy, as get perfectione.
And cals us after her, in that shee tooke,
(Taking her selfe) our best, and worthiest booke.

Of our company in this life
and in the next.

Returne not, my Soule, from this extasee,
And meditation of what thou shalt bee,
To earthly thoughts, till it to thee appeare,
With whom thy conversation must be there.
With whom wilt thou converse ? what station
Canst thou choose out, free from infection,
That will not give thee theirs, nor drinke in thine ?

Ni d'apprendre à juger par listes et détours.
Au ciel, tu sauras tout le concernant, tout droit,
Et, tout droit, oublieras ce qui ne le concerne.
Là tu pourras, peut-être (et en nulle autre école),
Être instruite et t'emplir autant qu'elle fit, elle
Qui avait lu à fond tous les livres chez elle,
En ses propres pensées, et fait du bien autant
Qu'en auraient pu produire encore autant de livres ;
Elle dont un chacun doit implorer l'exemple
En vue de bien agir et penser, s'il confesse
Que chaque vertueuse action qu'il émet
N'est rien que, plus fautive, une édition nouvelle
D'une seule de ses actions ou pensées ;
Elle qui a, dans l'art de connaître le Ciel,
Atteint ici, sur terre, à perfection telle
Qu'elle n'a fait, depuis qu'elle est au ciel, que lire
Le même livre (aussi, beaucoup mieux imprimé) ;
Elle, qui réclamait toujours plus de ce poids,
(Car autant de savoir, qui eût été surcharge
Pour tout autre, pour elle était lest), est partie,
Pour la perfection atteindre, et en jouir,
Et nous crie de la suivre : en partant, elle a pris
Notre meilleur livre, elle, et le plus précieux.

De notre compagnie en cette vie
et en l'autre.

Mon Âme, ne va pas, en des pensers terrestres,
Sortant de telle extase et méditation
Sur ce que tu seras, retomber, sans apprendre
Avec qui, tout là-haut, tu t'en vas converser.
Avec qui voudras-tu converser ? quel séjour
Libre d'infection peux-tu choisir, où nul
Ne te passe la sienne, et à lui toi la tienne ?

Shalt thou not finde a spungie slacke Divine
Drinke and sucke in th'Instructions of Great men,
And for the word of God, vent them agen ?
Are there not some Courts, (and then, no things bee
So like as Courts) which, in this let us see,
That wits and tongues of Libellers are weake,
Because they doe more ill, then these can speake ?
The poyson's gone though all, poysons affect
Chiefly the chiefest parts, but some effect
In nailes, and haires, yea excrements, will show ;
So will the poyson of sinne, in the most low.
Up, up, my drowsie Soule, where thy new eare
Shall in the Angels songs no discord heare ;
Where thou shalt see the blessed Mother-maid
Joy in not being that, which men have said.
Where shee'is exalted more for being good,
Then for her interest, of mother-hood.
Up to those Patriarckes, which did longer sit
Expecting Christ, then they'have enioy'd him yet.
Up to those Prophets, which now gladly see
Their Prophecies growne to be Historee.
Up to th'Apostles, who did bravely runne,
All the Suns course, with more light then the Sunne.
Up to those Martyrs, who did calmly bleed
Oyle to th'Apostles lamps, dew to their seed.
Up to those Virgins, who thought that almost
They made joyntenants with the Holy Ghost,
If they to any should his Temple give.
Up, up, for in that squadron there doth live
Shee, who hath carried thether new degrees
(As to their number) to their dignitees.
Shee, who being to her selfe a State, enjoy'd

N'y trouve-t-on Devin flasque comme une éponge
Occupé à téter tous les Ordres des Grands
Pour vous les recracher comme Verbe de Dieu ?
N'y trouve-t-on des Cours où l'on peut voir (alors,
Rien ne ressemble plus qu'une Cour à une autre)
Combien sont faibles langue, esprit des Satiristes,
Puisqu'il s'y fait de mal plus qu'ils ne peuvent dire ?
Le poison se répand, et si les parties nobles
Sont les plus affectées, l'effet s'en fera voir
Jusque dans les cheveux, ongles et excréments :
De même, tout en bas, le poison du péché.
Ô mon Âme assoupie, monte où le chœur des Anges
Ne sera qu'harmonie à ton oreille neuve ;
Où tu verras, bénie, jouir la Vierge-Mère
De n'être pas cela que les hommes ont dit,
Où elle est exaltée plutôt pour sa bonté
Qu'en raison simplement de sa maternité ;
Aux Patriarches monte, ils n'ont encore joui
Du Christ aussi longtemps qu'ils ne l'ont attendu ;
Aux Prophètes aussi, qui ont ores la joie
De voir leurs Prophéties transformées en Histoire ;
Aux Apôtres aussi, qui, braves, décrivirent
Tout le cours du Soleil, éclairant plus que lui ;
Aux Martyrs, calme sang, qui fut huile aux Lampes
Des Apôtres, et rosée aussi pour leur semence ;
Aux Vierges, qui pensaient presque que c'eût été
Transformer l'Esprit Saint en un colocataire
Que de laisser entrer en son Temple quiconque.
Monte, monte, elle y vit, elle, en cet escadron,
Auquel elle est montée donner de quoi grossir
Leur nombre, mais aussi grandir leurs dignités ;
Elle qui, elle-même à elle-même État,

All royalties which any State employ'd ;
For shee made warres, and triumph'd ; reason still
Did not o'rthrow, but rectifie her will :
And shee made peace, for no peace is like this,
That beauty, and chastity together kisse :
Shee did high justice ; for she crucified
Every first motion of rebellious pride :
And she gave pardons, and was liberall,
For, onely her selfe except, she pardon'd all :
Shee coynd, in this, that her impressions gave
To all our actions all the worth they have :
Shee gave protections ; the thoughts of her brest
Satans rude Officers could ne'r arrest.
As these prerogatives being met in one,
Made her a soveraigne State ; religion
Made her a Church ; and these two made her all.
Shee who was all this All, and could not fall
To worse, by company, (for she was still
More Antidote, then all the world was ill,)
Shee, shee doth leave it, and by Death, survive
All this, in Heaven ; whither who doth not strive
The more, because shee's there, he doth not know
That accidentall joyes in Heaven doe grow.

Of essentiall joy in this life
and in the next.

But pause, my Soule, and study, ere thou fall
On accidentall joyes, th'essentiall.
Still before Accessories doe abide
A triall, must the principall be tride.
And what essentiall joy can'st thou expect
Here upon earth ? what permanent effect
Of transitory causes ? Dost thou love

Eut droits régaliens, et qui autant qu'État
En usa, fit la guerre, et vainquit ; mais raison
Rectifiait son gré, sans pour autant l'abattre :
Elle faisait la paix, car n'est-ce pas la paix
Suprême quand beauté et chasteté s'embrassent ?
Justice aussi faisait : elle crucifiait
L'orgueil dès le premier mouvement de révolte ;
Et graciait, aussi, elle était généreuse :
À tous, excepté elle, elle accordait pardon ;
Battait monnaie, aussi, car nos actions, toutes,
Ne devaient leur valeur qu'à sa frappe sur elles ;
Et protégeait, aussi : la Police d'enfer
N'a jamais arrêté les pensers de son sein.
En elle réunis, tous ces droits faisaient d'elle
Un État souverain, et la religion
Une Église, et ces deux la faisaient être tout.
Elle, qui était, oui, tout ce Tout, que n'eût pu
Abîmer compagnie quelconque (car en elle
Plus que de mal au monde il était d'Antidote),
Elle, elle, elle le quitte, et, par la Mort, survit
À ce tout, dans le Ciel ; et qui, pour y monter,
Ne redouble d'effort, l'y sachant, il ignore
Qu'au Ciel poussent aussi des joies accidentelles.

De la joie essentielle en cette vie et en l'autre.

Mais arrête, mon âme, et vois l'essentielle
Avant que de descendre aux joies accidentelles.
Car, avant de soumettre à procès l'accessoire,
Dessus le principal il faut se prononcer.
Ici-bas, quelle joie qui soit essentielle
Peux-tu bien espérer ? de causes transitoires,
Quel permanent effet ? Tu aimes la Beauté ?

Beauty? (And beauty worthy'st is to move)
Poore couse'ned couse'nor, *that* she, and *that* thou,
Which did begin to love, are neither now;
You are both fluid, chang'd since yesterday;
Next day repaires, (but ill) last dayes decay.
Nor are, (although the river keepe the name)
Yesterdaies waters, and to daies the same.
So flowes her face, and thine eyes, neither now
That Saint, nor Pilgrime, which your loving vow
Concern'd, remaines; but whil'st you thinke you bee
Constant, you'are hourely in inconstancee.
Honour may have pretence unto our love,
Because that God did live so long above
Without this Honour, and then lov'd it so,
That he at last made Creatures to bestow
Honour on him; not that he needed it,
But that, to his hands, man might grow more fit.
But since all Honours from inferiours flow,
(For they doe give it; Princes doe but show
Whom they would have so honor'd) and that this
On such opinions, and capacities
Is built, as rise and fall, to more and lesse,
Alas, t'is but a casuall happinesse.
Hath ever any man to'himselfe assign'd
This or that happinesse, to'arrest his minde,
But that another man, which takes a worse,
Thinks him a foole for having tane that course?
They who did labour Babels tower t'erect,
Might have considered, that for that effect,
All this whole solid Earth could not allow
Nor furnish forth Materials enow;
And that this Center, to raise such a place

(Rien plus que la Beauté n'est digne d'émouvoir.)
Pauvre dupeur dupé, elle n'est plus, *cette* elle
Que tu aimas, non plus que *ce* toi qu'elle aima ;
Fluides tous les deux, rien qu'une nuit vous change ;
Le jour d'après répare, et mal : les derniers tuent.
C'est comme une rivière, elle garde son nom
Et cependant ses eaux changent d'un jour à l'autre.
C'est ainsi que tes yeux, et son visage, changent,
À présent, morts le Saint, le Pèlerin tenu
Par tes vœux prononcés ; tu crois être constant,
Mais, chaque heure du jour, tu es dans l'inconstance.
L'Honneur, à notre amour peut lui aussi prétendre :
Dieu, pour avoir vécu tout là-haut si longtemps
Sans avoir cet Honneur, ne l'aima-t-il pas tant
Qu'enfin, pour le lui rendre, il fit des Créatures ?
Non qu'il le lui fallût, cet Honneur, mais pour faire
Qu'à ses mains l'homme pût ainsi mieux s'ajuster.
Mais puisque tout Honneur monte d'inférieurs
(Le rendre, c'est leur fait ; les Princes montrent juste
À qui ils aimeraient le voir rendu), et puisque
Il est bâti sur des opinions sujettes,
Autant que le soleil, à monter puis descendre,
Il ne peut être, hélas, qu'un bonheur de hasard.
Est-il homme jamais qui se fût assigné
Tel bonheur, ou bien tel, où son esprit fixer,
Sans qu'un autre, pourtant en élisant un pire,
Le jugeât insensé d'avoir ce chemin pris ?
Ceux qui, à grand effort, érigèrent la tour
De Babel auraient pu réfléchir que la Terre,
En sa solidité, la prît-on tout entière,
Ne fournirait jamais de matériaux assez,
Et que ce Centre-ci, pour un tel édifice,

Was far too little, to have beene the Base ;
No more affords this world, foundatione
To erect true joy, were all the meanes in one.
But as the Heathen made them severall gods,
Of all Gods Benefits, and all his Rods,
(For as the Wine, and Corne, and Onions are
Gods unto them, so Agues bee, and Warre)
And as by changing that whole precious Gold
To such small copper coynes, they lost the old,
And lost their only God, who ever must
Be sought alone, and not in such a thrust,
So much mankind true happinesse mistakes ;
No Joy enjoyes that man, that many makes.
Then, Soule, to thy first pitch worke upon againe ;
Know that all lines which circles doe containe,
For once that they the center touch, doe touch
Twice the circumference ; and be thou such ;
Double on Heaven thy thoughts on earth emploid ;
All will not serve ; Only who have enioyd
The sight of God, in fulnesse, can thinke it ;
For it is both the obiect, and the wit.
This is essentiall joy, where neither hee
Can suffer diminution, nor wee ;
'Tis such a full, and such a filling good ;
Had th'Angels once look'd on him, they had stood.
To fill the place of one of them, or more,
Shee whom we celebrate, is gone before.
Shee, who had here so much essentiall joy,
As no chance could distract, much lesse destroy ;
Who with Gods presence was acquainted so,
(Hearing, and speaking to him) as to know

Était bien trop petit pour une Base offrir ;
Pour ériger la joie, la vraie, ce monde n'offre,
Tous moyens réunis, pas plus où la fonder.
Mais, comme les Païens, tant des Bienfaits de Dieu
Que des Verges de Dieu, se firent plusieurs dieux,
(Car, autant que le Vin, le Blé et les Oignons,
Étaient pour eux des dieux les Fièvres et les Guerres),
Et comme, en échangeant contre des sous de cuivre
Tout cet Or précieux, ils ont perdu l'ancien,
Perdu leur Dieu, le seul, qu'il faut toujours chercher
Là où il est le seul, pas dans cette cohue,
L'homme, ainsi, se méprend sur le bonheur, le vrai ;
À diviser la Joie, on ne jouit d'aucune.
Mon Âme, aussi, remonte à ta hauteur première ;
Sache que toute droite en un cercle engendrée
S'en va deux fois toucher à sa circonférence
Pour rien qu'une à son centre ; eh bien toi, fais comme elle ;
Pour un penser terrestre, aies-en deux pour le Ciel ;
Est-ce assez ? non : penser de Dieu la plénitude,
Le peut seul celui-là qui l'a vu, lui, en plein,
Car elle est à la fois, et l'esprit, et l'objet.
C'est celle-ci, la joie essentielle, qui
Pas plus en nous qu'en lui ne peut diminuer ;
Oh bien si plein, si plein ! les Anges auraient vu
Dieu une seule fois, ils n'auraient pas chuté.
Elle, la célébrée, en avant est partie
Occuper de l'un d'eux, voire de plus, la place ;
Elle, ici tant pourvue de Joie essentielle
Que nul hasard n'eût pu la lui prendre ou détruire ;
Qui connaissait si bien la présence de Dieu
(L'écoutant, lui parlant) qu'elle reconnaissait

His face, in any naturall Stone, or Tree,
Better then when in Images they bee :
Who kept, by diligent devotion,
Gods Image, in such reparation,
Within her heart, that what decay was growne,
Was her first Parents fault, and not her owne :
Who being solicited to any Act,
Still heard God pleading his safe precontract ;
Who by a faithfull confidence, was here
Betroth'd to God, and now is married there ;
Whose twilights were more cleare, then our mid day ;
Who dreamt devoutlier, then most use to pray ;
Who being here fil'd with grace, yet strove to bee,
Both where more grace, and more capacitee
At once is given : she to Heaven is gone,
Who made this world in some proportion
A heaven, and here, became unto us all,
Joy, (as our joyes admit) essentiall.

Of accidental joyes in both places.

But could this low world joyes essentiall touch,
Heavens accidentall joyes would passe them much.
How poore and lame, must then our casuall bee ?
If thy Prince will his subiects to call thee
My Lord, and this doe swell thee, thou art than,
By being greater, growne to be lesse Man.
When no Physician of redresse can speake,
A joyfull casuall violence may breake
A dangerous Apostem in thy brest ;
And whilst thou joyest in this, the dangerous rest,
The bag may rise up, and so strangle thee.
What e'r was casuall, may ever bee.

Sa face en toute pierre et arbre naturels,
Mieux qu'on ne connaît pierre et arbre en leur image ;
Qui entretint si bien, de son zèle dévot,
L'image qu'elle avait de Dieu au fond du cœur
Que le moindre dégât qui lui put advenir,
De ses premiers parents fut la faute, et non d'elle ;
Qui entendait toujours, sollicitée d'un acte,
Dieu plaider son contrat antérieur et sûr ;
Qui était, ici-bas, fidèle, confiante,
La promise de Dieu, et là-haut est sa femme ;
Qui, le soir, éclairait plus que nous à midi ;
Qui rêvait plus pieux que ne prient la plupart ;
Elle qui, ici-bas pleine de grâce, encore
Fit effort pour aller où sont donnés ensemble
Plus de grâce et pouvoir, elle est au Ciel allée,
Elle qui, de ce monde, à quelque degré fit
Un ciel, et pour nous tous, ici-bas devint Joie
(Pour autant que nos joies le puissent) essentielle.

Des joies accidentelles
en l'un et l'autre lieu.

Mais eût-on, ici-bas, les joies essentielles,
Ce serait moins qu'au ciel sont les accidentelles.
Ah, nos joies de hasard, qu'elles sont pauvres, piètres !
Ton Prince, à ses sujets, ordonne de te dire
Monseigneur, et voilà que soudain tu te gonfles,
Et, en étant plus grand, deviens un Homme moindre.
Quand pas un Médecin ne parle guérison,
Il se peut qu'une joie fortuite et violente
Brise dans ta poitrine un dangereux abcès,
Et qu'au sein de ta joie, le reste dangereux,
La poche, remontant, finalement t'étrangle.
Or, ce que fit hasard peut toujours arriver.

What should the Nature change ? Or make the same
Certaine, which was but casuall, when it came ?
All casuall joye doth loud and plainly say,
Onely by comming, that it can away.
Onely in Heaven joyes strength is never spent ;
And accidentall things are permanent.
Joy of a soules arrivall ne'r decaies ;
For that soule ever joyes, and ever staies.
Joy that their last great Consummation
Approaches in the resurrection ;
When earthly bodies more celestiall
Shall be, then Angels were, for they could fall ;
This kinde of ioy doth every day admit
Degrees of growth, but none of losing it.
In this fresh joy, 'tis no small part, that shee,
Shee, in whose goodnesse, he that names degree,
Doth injure her ; ('Tis losse to be cal'd best,
There where the stuffe is not such as the rest)
Shee, who left such a body, as even shee
Onely in Heaven could learne, how it can bee
Made better ; for shee rather was two soules,
Or like to full on both sides written Rols,
Where eyes might read upon the outward skin,
As strong Records for God, as mindes within ;
Shee, who by making full perfection grow,
Peeces a Circle, and still keepes it so,
Long'd for, and longing for'it, to heaven is gone,
Where shee receives, and gives addition.

Conclusion.

Here in a place, where mis-devotion frames
A thousand prayers to saints, whose very names
The ancient Church knew not, Heaven knowes not yet,

La nature, changer ? ou rendre cela sûr
Qui n'était que fortuit lorsque c'est arrivé ?
Non, ce que dit la joie de hasard, haut et clair,
Et ce rien qu'en venant, c'est qu'elle peut partir.
La joie garde sa force au ciel et au ciel seul,
Où tout l'accidentel est aussi permanent.
Nul déclin, pour la joie d'une Âme y arrivant ;
Car cette âme à jamais y reste, et dans la joie.
Joie de voir approcher, ultime et grande fin,
Leur consumation, la résurrection,
Quand les terrestres corps deviendront plus célestes
Que les Anges, car eux furent sujets à chute ;
Cette sorte de joie chaque jour est capable
D'acquérir des degrés, mais d'en perdre, jamais.
En cette fraîche joie, n'entre pas pour peu qu'elle,
Elle, dont ce serait faire injure de dire
Degrés de sa bonté (à nommer le meilleur
Cela dont sans pareille est l'étoffe, il y perd) ;
Elle qui un tel corps quitta, que même elle
Dut, pour savoir comment meilleur il pourrait être,
Attendre d'être au ciel ; car elle était deux âmes,
Plutôt, ou un rouleau écrit sur ses deux faces,
Où les yeux pouvaient lire au dehors sur la peau,
Comme au-dedans l'esprit, des Monuments à Dieu ;
Elle qui, accroissant la perfection pleine,
Fait un cercle plus grand tout en le gardant tel,
Se languissant du ciel languissant d'elle, y fut
Et y donne, et reçoit, perfection de plus.

Conclusion.

Ici, en un endroit où superstition
Prie mille fois des saints dont l'Église ancienne
Ignorait jusqu'aux noms, qu'ignore encor le Ciel,

And where, what lawes of poetry admit,
Lawes of religion have at least the same,
Immortall Maid, I might invoke thy name.
Could any Saint provoke that appetite,
Thou here should'st make mee a french convertite.
But thou would'st not; nor would'st thou be content,
To take this, for my second yeares true Rent,
Did this Coine beare any other stampe, then his,
That gave thee power to doe me, to say this.
Since his will is, that to posteritee,
Thou should'st for life, and death, a patterne bee,
And that the world should notice have of this,
The purpose, and th'Authority is his;
Thou art the Proclamation, and I ame
The Trumpet, at whose voyce the people came.

Où la religion en ses lois fait entrer
Ce que la poésie en les siennes tolère,
Je pourrais invoquer ton nom, Vierge immortelle.
Si quelque Saint pouvait ce désir provoquer,
Lors, tu ferais de moi un converti français.
Mais tu ne le voudrais, ni cela accepter
Pour suffisant Loyer de ma deuxième année,
Si sur cette Monnaie l'empreinte n'était celle
De celui qui t'a fait me faire cela dire.
Puisque sa volonté est que tu sois modèle
De vie comme de mort pour la postérité
Et qu'en soit informé le monde entier, et puisque
Le dessein est à lui, comme l'Autorité,
Tu es ce qu'on Proclame, et quant à moi je suis
La Trompette, à la voix de qui tous ont couru.

HOLY SONETS

SONNETS SACRÉS

I

Thou hast made me, And shall thy worke decay ?
Repaire me now, for now mine end doth haste,
I runne to death, and death meets me as fast,
And all my pleasures are like yesterday.
I dare not move my dimme eyes any way ;
Despaire behind, and death before doth cast
Such terrour, and my feeble flesh doth waste
By sinne in it, which it t'wards hell doth weigh ;
Onely thou art above, and when towards thee
By thy leave I can looke, I rise againe ;
But our old subtle foe so tempteth me,
That not one houre my selfe I can sustaine ;
Thy Grace may wing me to prevent his art,
And thou like Adamant draw mine iron heart.

I

Tu m'as fait, et ton œuvre irait à déchéance ?
Vite, répare-moi, vite ma fin se hâte,
Comme à la mort je cours, la mort accourt à moi,
Et mes plaisirs ont tous une allure d'hier ;
Je n'ose où que ce soit tourner mes faibles yeux,
Le désespoir derrière et la mort par devant
Me font peur, le péché dedans ma faible chair
La ravage, et son poids l'entraîne vers l'enfer ;
En haut, il n'est que toi, et lorsque tu veux bien
Me laisser regarder vers toi, je me redresse ;
Mais me tente à tel point notre ennemi subtil
Que même je ne peux tenir ainsi une heure ;
Puisse ailes me donner, contre son art, ta Grâce,
Et toi, comme un Aimant, tirer mon cœur d'acier.

II

As due by many titles I resigne
My selfe to thee, O God, first I was made
By thee, and for thee, and when I was decay'd
Thy blood bought that, the which before was thine ;
I am thy sonne, made with thy selfe to shine,
Thy servant, whose paines thou hast still repaid,
Thy sheepe, thine Image, and, till I betray'd
My selfe, a temple of thy Spirit divine ;
Why doth the devill then usurpe on mee ?
Why doth he steale, nay ravish that's thy right ?
Except thou rise and for thine owne worke fight,
Oh I shall soone despaire, when I doe see
That thou lov'st mankind well, yet wilt'not chuse me,
And Satan hates me, yet is loth to lose mee.

II

Mon Dieu, comme ton dû à plus d'un titre, à toi
J'abandonne ce moi, qui tout d'abord fut fait
Par toi, pour toi, et quand je vins à me corrompre,
Ce que l'on t'avait pris, ton sang l'a racheté ;
Je suis ton fils, fait pour resplendir avec toi,
Ton servant, et tu m'as repayé de mes peines,
Ta brebis, ton Image, et, avant que moi-même
Ne me trahît, un temple à ta Divinité ;
Pourquoi donc le démon met-il la main sur moi ?
Pourquoi voleur, pillard, de ce qui est ton droit ?
Si tu ne montes pas au combat pour ton œuvre,
Bientôt le désespoir va me saisir, à voir
Qu'aimant le genre humain, tu ne veux pas de moi,
Quand Satan, qui me hait, refuse de me perdre.

III

O might those sighes and teares returne againe
Into my breast and eyes, which I have spent,
That I might in this holy discontent
Mourne with some fruit, as I have mourn'd in vaine;
In mine Idolatry what showres of raine
Mine eyes did waste? what griefs my heart did rent?
That sufferance was my sinne; I now repent;
'Cause I did suffer I must suffer paine.
Th'hydroptique drunkard, and night-scouting thiefe,
The itchy Lecher, and selfe tickling proud
Have the remembrance of past joyes, for reliefe
Of comming ills. To (poore) me is allow'd
No ease; for, long, yet vehement griefe hath beene
Th'effect and cause, the punishment and sinne.

III

Oh, puissent ces soupirs et ces pleurs retourner
En mon sein et mes yeux qui les ont dépensés,
Qu'en ce saint méconfort je puisse m'affliger
Avec fruit de ce qui vainement m'affligea ;
Dans mon Idolâtrie, mes yeux, quelles averses
Les dévastaient, mon cœur, le brisaient quels chagrins ?
Souffrir fut mon péché, dont ores me repens,
Et pour avoir souffert je dois souffrir encore.
Le nocturne voleur et l'ivrogne hydropique,
Tel que chatouille orgueil ou démange Luxure,
Ont de leurs joies passées souvenir, allégeant
Leurs maux à venir. Moi, pauvre, ne m'est permis
Nul répit : mon chagrin, violent, long pourtant,
Fut la cause et l'effet, la peine et le péché.

IV

Oh my blacke Soule ! now thou art summoned
By sickeness, deaths herald, and champion ;
Thou art like a pilgrim, which abroad hath done
Treason, and durst not turn to whence hee is fled,
Or like a thiefe, which till deaths doome be read,
Wisheth himselfe delivered from prison ;
But damn'd and hal'd to execution,
Wisheth that still he might be imprisoned.
Yet grace, if thou repent, thou canst not lacke ;
But who shall give thee that grace to beginne ?
Oh make thy selfe with holy mourning blacke,
And red with blushing, as thou art with sinne ;
Or wash thee in Christs blood, which hath this might,
That being red, it dyes red soules to white.

IV

Ô mon Âme de jais, voici que te convoque
La maladie, héraut de la mort, et champion ;
Tu es un pèlerin qui a, hors du pays,
Trahi, et n'ose pas rentrer là d'où il fuit,
Un voleur qui, jusqu'à la sentence de mort,
Aimerait qu'on le vienne ôter de la prison,
Mais qui, quand on le traîne au gibet, condamné,
Aimerait cette fois y séjourner encore.
Mais, si tu te repens, grâce on fera, c'est sûr ;
Mais qui, de commencer, te donnera la grâce ?
Oh, mon âme, teins-toi du noir de ce saint deuil,
Mets-toi du rouge aux joues, tu es dans le péché ;
Ou bien, au sang du Christ, lave-toi : il est rouge,
Mais a pouvoir de teindre en blanc les âmes rouges.

V

I am a little world made cunningly
Of Elements, and an Angelike spright,
But black sinne hath betraid to endlesse night
My worlds both parts, and (oh) both parts must die.
You which beyond that heaven which was most high
Have found new sphears, and of new lands can write,
Powre new seas in mine eyes, that so I might
Drowne my world with my weeping earnestly,
Or wash it, if it must be drown'd no more :
But oh it must be burnt ! alas, the fire
Of lust and envie have burnt it heretofore,
And made it fouler ; Let their flames retire,
And burne me, Lord, with a fiery zeael
Of thee and thy house, which doth in eating heale.

V

Je suis un petit monde et très finement fait,
D'un esprit Angélique ainsi que d'Éléments,
Mais à la nuit sans fin le noir péché livra
Les deux parts de mon monde, et (oh) les deux mourront.
Vous, découvreurs, delà le plus haut ciel, de sphères
Nouvelles, qui pouvez nouveaux mondes décrire,
Versez de neuves mers en mes yeux, que je puisse
Avec zèle noyer mon monde dans mes pleurs,
Ou le laver, s'il doit ne plus être noyé :
Non ! c'est être brûlé, qu'il doit ! le feu, hélas,
De luxure et d'envie l'a autrefois brûlé
Et sali plus encor ; Seigneur, fais que leurs flammes
Aillent ailleurs, et moi, que je brûle d'un feu
Pour toi et ta maison qui, dévorant, guérisse.

VI

This is my playes last scene, here heavens appoint
My pilgrimages last mile ; and my race
Idly, yet quickly runne, hath this last pace,
My spans last inch, my minutes latest point,
And gluttonous death, will instantly unjoint
My body, and soule, and I shall sleepe a space,
But my'ever-waking part shall see that face,
Whose feare already shakes my every joynt :
Then, as my soule, to'heaven her first seate, takes flight,
And earth-borne body, in the earth shall dwell,
So, fall my sinnes, that all may have their right,
To where they'are bred, and would presse me, to hell.
Impute me righteous, thus purg'd of evill,
For thus I leave the world, the flesh, the devill.

VI

C'est la fin de mon drame, ici j'arrive au terme
Assigné par les cieux à mon pèlerinage,
De ma course oisive et vive dernier pas,
Fin bout de mon empan, de ma minute pointe,
Et la gloutonne mort va sur l'instant disjoindre
Mon âme de mon corps ; je vais dormir un temps,
Mais la partie de moi qui onc ne dort verra
La face qui, de peur, déjà tout me disloque :
Quand montera mon âme au ciel, son premier siège,
Que mon corps ira vivre en sa terre natale,
Que mes péchés aussi tombent, comme ils méritent,
Là où ils ont poussé et me poussent, en enfer.
Tiens-moi pour vertueux ainsi purgé du mal,
Puisqu'ainsi j'abandonne et monde, et chair, et diable.

VII

At the round earths imagin'd corners, blow
Your trumpets, Angells, and arise, arise
From death, you numberlesse infinities
Of soules, and to your scattred bodies goe,
All whom the flood did, and fire shall o'erthrow,
All whom warre, death, age, agues, tyrannies,
Despaire, law, chance, hath slaine, and you whose eyes
Shall behold God, and never tast deaths woe.
But let them sleepe, Lord, and me mourne a space,
For, if above all these, my sinnes abound,
'Tis late to aske abundance of thy grace,
When wee are there ; here on this lowly ground,
Teach mee how to repent ; for that's as good
As if thou'hadst seal'd my pardon, with thy blood.

VII

En tout coin que l'on feigne à cette terre ronde,
Anges, sonnez trompette, et vous, debout, debout,
Ames, ressuscitez, infinités sans nombre,
Et allez retrouver vos corps éparpillés,
Vous tous qu'hier déluge et demain feu tuera,
Vous tous que guerre et faim, fièvre, âge, tyrannies,
Loi, désespoir, hasard, ont tués, vous aussi
Dont les yeux verront Dieu sans de la mort goûter.
Non, laisse-les dormir, Seigneur, et moi, pleurer,
Car, si sur tout cela l'emportent mes péchés,
Réclamer de ta grâce abondance une fois
Là-haut, c'est tard ; ici, sur l'humble sol, dis-moi
Comment me repentir, car c'est bon, autant que
Si tu avais scellé de ton sang mon pardon.

VIII

If faithful soules be alike glorifi'd
As Angels, then my fathers soule doth see,
And adds this even to full felicitie,
That valiantly I hels wide mouth o'rstride :
But if our mindes to these soules be descry'd
By circumstances, and by signes that be
Apparent in us, not immediately,
How shall my mindes white truth by them be try'd ?
They see idolatrous lovers weepe and mourne,
And vile blasphemous Conjurers to call
On Iesus name, and Pharisaicall
Dissemblers feigne devotion. Then turne
O pensive soule, to God, for he knowes best
Thy true griefe, for he put it in my breast.

VIII

Si sont glorifiées, autant qu'Anges, les âmes
De foi, celle, en ce cas, de mon père me voit
(Et la béatitude en est même augmentée)
Enjamber vaillament la gueule de l'enfer :
Mais si ces âmes-là discernent notre esprit
Non immédiatement, mais par certains détails,
Des signes qui se voient en nous, comment vont-elles
Goûter de mon esprit la blanche vérité ?
Elles voient des amants idolâtres gémir,
De vils magiciens, ô blasphème, évoquer
Au nom du Christ, et des Pharisiens hypocrites
Feindre dévotion. Aussi, âme pensive,
Tourne-toi donc vers Dieu, car lui connaît très bien
Ta vraie douleur, c'est lui qui l'a mise en mon sein.

IX

If poysonous mineralls, and if that tree,
Whose fruit threw death on else immortall us,
If lecherous goats, if serpents envious
Cannot be damn'd ; Alas ; why should I bee ?
Why should intent or reason, borne in mee,
Make sinnes, else equall, in mee more heinous ?
And mercy being easie, and glorious
To God ; in his sterne wrath, why threatens hee ?
But who am I, that dare dispute with thee,
O God ? Oh ! of thine onely worthy blood,
And my teares, make a heavenly Lethean flood,
And drowne in it my sinnes black memorie ;
That thou remember them, some claime as debt,
I thinke it mercy, if thou wilt forget.

IX

Si les rocs vénéneux, si l'arbre dont le fruit
Jeta sur nous la mort, autrement immortels,
Si le lubrique bouc, si l'envieux serpent,
Damnés ne peuvent être, hélas moi, pourquoi donc ?
Pourquoi, innés en moi, dessein, raison feraient,
A péchés tout égaux, les miens plus odieux ?
Et facile est à Dieu merci, et glorieuse ;
Pourquoi, en son courroux sévère, menacer ?
Mais qui suis-je, qui ose avec toi disputer,
O mon Dieu ? De ton sang, qui est le seul qui vaille,
De mes pleurs, fais les flots d'un céleste Léthé,
Pour le noir souvenir de mes péchés noyer ;
Tels veulent, comme un dû, que d'eux tu te souviennes,
Moi, je tiens à merci que d'oublier tu veuilles.

X

Death be not proud, though some have called thee
Mighty and dreadful, for, thou art not soe,
For, those, whom thou think'st, thou dost overthrow,
Die not, poore death, nor yet canst thou kill mee.
From rest and sleepe, which but thy pictures bee,
Much pleasure, then from thee, much more must flow,
And soonest our best men with thee doe goe,
Rest of their bones, and soules deliverie.
Thou art slave to Fate, Chance, kings, and desperate men,
And dost with poyson, warre, and sicknesse dwell,
And poppie, or charmes can make us sleepe as well,
And better then thy stroake ; why swell'st thou then ?
One short sleepe past, wee wake eternally,
And death shall be no more ; death, thou shalt die.

X

Ô mort, ne sois pas fière : on t'a nommée puissante
Et terrible, pourtant, au vrai, tu ne l'es pas,
Car ceux-là que tu crois, ô pauvre mort, abattre,
Ne meurent pas, et moi tu ne peux me tuer.
Du repos, du sommeil (de toi pures images),
Coule bien du plaisir, alors combien de toi ?
Et les meilleurs de nous vont les premiers à toi,
Pour reposer leurs os et leur âme affranchir.
Rois et désespérés, Sort, Destin te commandent,
Tu vis avec poison, et guerre, et maladie,
Et charmes ou pavot font dormir aussi bien,
Même mieux, que ton coup ; aussi, pourquoi t'enfler ?
Un petit somme fait, vient l'éternelle veille,
Et plus jamais la mort ; oui, mort, tu vas mourir.

XI

Spit in my face you Jewes, and pierce my side,
Buffet, and scoffe, scourge, and crucifie mee,
For I have sinn'd, and sinne'd, and only hee,
Who could do no iniquitie, hath dyed :
But by my death can not be satisfied
My sinnes, which passe the Jewes impiety :
They kill'd once an inglorious man, but I
Crucifie him daily, being now glorified.
Oh let mee then, his strange love still admire :
Kings pardon, but he bore our punishment.
And *Iacob* came cloth'd in vile harsh attire
But to supplant, and with gainfull intent :
God cloth'd himselfe in vile mans flesh, that so
He might be weake enough to suffer woe.

XI

Crachez-moi au visage, Juifs, mon flanc percez,
Moquez-moi, et soufflets, fouets, croix m'infligez,
Car moi, moi j'ai péché, péché, tandis qu'est mort
L'unique à ne pouvoir commettre iniquité :
Mais ma mort ne saurait suffire à mes péchés,
Qui passent de très loin l'impiété des Juifs :
Ils ont, eux, une fois tué un homme obscur,
Moi je le crucifie chaque jour, glorieux.
Oh son étrange amour, fais qu'encor je l'admire :
Un Roi pardonne, lui, il expia pour nous.
Quand *Jacob* vint vêtu d'habits rudes et vils,
Ce fut pour supplanter, sans plus, et pour un gain :
Mais si Dieu se vêtit de chair humaine vile,
Ce fut pour être faible, et endurer malheur.

XII

Why are wee by all creatures waited on ?
Why doe the prodigall elements supply
Life and food to mee, being more pure then I,
Simple, and further from corruption ?
Why brook'st thou, ignorant horse, subjection ?
Why dost thou bull, and bore so seelily
Dissemble weaknesse, and by'one mans stroke die,
Whose whole kinde, you might swallow and feed upon ?
Weaker I am, woe is mee, and worse then you,
You have not sinn'd, nor need be timorous.
But wonder at a greater wonder, for to us
Created nature doth these things subdue,
But their Creator, whom sin, nor nature tyed,
For us, his Creatures, and his foes, hath dyed.

XII

L'homme, pourquoi servi par toutes créatures ?
Pourquoi les éléments prodigues donnent-ils
Vie, aliment, à moi, eux qui sont plus que moi
Purs, simples, et plus loin de la corruption ?
Toi, ignorant cheval, tu admets l'esclavage,
Pourquoi ? vous, sanglier, taureau, pourquoi donc feindre
Bêtement la faiblesse ? un seul homme vous tue
Quand vous pourriez gober, dévorer tout son genre !
Plus faible suis-je encor, malheur ! et pis que vous,
Vous n'avez pas péché, vous n'avez rien à craindre.
Mais admirez plus grand prodige : si ces choses,
La nature créée nous les donne en sujets,
Leur Créateur, que lie nature ni péché,
Pour nous, ses ennemis et Créatures, est mort.

XIII

What if this present were the worlds last night ?
Marke in my heart, O soule, where thou dost dwell,
The picture of Christ crucified, and tell
Whether that countenance can thee affright,
Teares in his eyes quench the amasing light,
Blood fills his frownes, which from his pierc'd head fell.
And can that tongue adjudge thee unto hell,
Which pray'd forgivenesse for his foes fierce spight ?
No, no ; but as in my idolatrie
I said to all my profane mistresses,
Beauty, of pitty, fouleness onely is
A signe of rigour : so I say to thee,
To wicked spirits are horrid shapes assign'd,
This beauteous forme assures a pitious minde.

XIII

Et si c'était ce soir, l'ultime nuit du monde ?
Ame, vois en mon cœur, où tu as ta demeure,
Du Christ crucifié l'image, et puis dis-moi
Si te peut effrayer un semblable visage :
Le fol éclat des yeux est éteint par les pleurs,
Chu de son chef percé, le sang unit son front.
Et cette langue irait te vouer à l'enfer,
Qui pardon demanda pour ses cruels bourreaux ?
Non, non ; mais, comme au temps de mes amours profanes,
Je disais à chacune, en mon idolâtrie,
Que beauté, de pitié, est signe, mais laideur
Seulement de rigueur, de même à toi je dis
Que des esprits méchants le lot est la hideur,
Mais cette beauté prouve esprit compatissant.

XIV

Batter my heart, three person'd God ; for, you
As yet but knocke, breathe, shine, and seeke to mend ;
That I may rise, and stand, o'erthrow mee,'and bend
Your force, to breake, blowe, burn, and make me new.
I, like an usurpt towne, to'another due,
Labour to'admit you, but Oh, to no end,
Reason your viceroy in mee, mee should defend,
But is captiv'd, and proves weake or untrue.
Yet dearely'I love you,'and would be loved faine,
But am betroth'd unto your enemie ;
Divorce mee,'untie, or breake that knot againe,
Take mee to you, imprison mee, for I
Except you'enthrall me, never shall be free,
Nor ever chast, except you ravish mee.

XIV

Dieu trine, abats mon cœur ; tu n'as pour l'amender
Fait encor que frapper, souffler dessus, lustrer ;
Pour me mettre debout, mets-moi à terre, abaisse,
Rasant, brisant, brûlant, ta force, et me fais neuf.
Comme ville usurpée, dû d'un autre, je tâche
À te livrer passage, et c'est en vain, hélas ;
Ta vice-reine en moi, raison, m'aider devrait,
Mais, captive, se montre impuissante ou traîtresse.
Pourtant je t'aime fort, j'aimerais être aimé,
Mais à ton ennemi je me trouve promis :
Défais cette union, dénoue, tranche ce nœud,
Prends-moi par devers toi, dans ta prison, car je
Dois être ton sujet si je veux être libre,
Et dois, pour être chaste, être par toi violé.

XV

Wilt thou love God, as he thee ! then digest,
My Soule, this wholesome meditation,
How God the Spirit, by Angels waited on
In heaven, doth make his Temple in thy brest.
The Father having begot a Sonne most blest,
And still begetting (for he ne'er begonne)
Hath deign'd to chuse thee by adoption,
Coheire to'his glory,'and Sabbaths endlesse rest.
And as a robb'd man, which by search doth finde
His stolne stuffe sold, must lose or buy'it againe :
The Sonne of glory came downe, and was slaine,
Us whom he'had made, and Satan stolne, to unbinde.
'Twas much, that man was made like God before,
But, that God should be made like man, much more.

XV

Veux-tu, autant qu'il t'aime, aimer Dieu ? Lors, digère
La méditation, ô mon âme, elle est saine,
Que voici : Dieu, l'Esprit, qui est au ciel servi
Par les Anges, son Temple en ta poitrine installe.
Le Père, ayant un fils moult béni engendré,
Et l'engendrant encor (il n'est jamais parti)
A daigné te choisir, t'adopter et te faire
Cohériter sa gloire et son Sabbat sans fin.
Et, comme homme volé cherchant son bien, le trouve
Mais le perd, revendu, ou doit le racheter,
Le Fils de gloire vint ici-bas, fut tué,
Rachetant nous, ses biens, qu'avait Satan volés.
À l'image de Dieu faire l'homme, fut grand,
Mais plus grand, faire Dieu à l'image de l'homme.

XVI

Father, part of his double interest
Unto thy kingdome, thy Sonne gives to me,
His joynture in the knottie Trinitie
Hee keepes, and gives to me his deaths conquest.
This Lambe, whose death, with life the world hath blest,
Was from the worlds beginning slaine, and he
Hath made two Wills, which with the Legacie
Of his and thy kingdome, doe thy Sonnes invest.
Yet such are thy laws, that men argue yet
Whether a man those statutes can fulfill ;
None doth ; but thy all-healing grace and spirit
Revive againe what law and letter kill.
Thy lawes abridgement, and thy last command
Is all but love ; Oh let this last Will stand !

XVI

Ô Père, de ce double intérêt qu'a ton Fils,
De droit, sur ton royaume, il m'accorde une part :
Il garde son douaire en le nœud Trinité,
Et il me donne à moi ce que sa mort conquit.
Cet Agneau, dont la mort bénit de vie le monde,
Dès le début du monde immolé, a laissé
Deux Testaments, par quoi il donne en héritage
À nous autres, tes Fils, son royaume et le tien.
Mais telles sont tes lois, que pourtant tous ergotent
Si jamais homme peut satisfaire à ces clauses ;
Aucun ; mais ce que tuent loi et lettre, la grâce
Qui tout soigne, et l'esprit, le ressusciteront.
L'abrégé de ta loi, commandement ultime
Et Testament ? aimer ; oh, fais qu'il soit valide !

XVII

Since she whom I lov'd hath payd her last debt
To Nature, and to hers, and my good, is dead,
And her Soule early into heaven ravished,
Wholly on heavenly things my mind is sett.
Here the admyring her my mind did whett
To seeke thee God ; so streames do shew the head ;
But though I have found thee, and thou my thirst hast fed,
A holy thirsty dropsy melts mee yett.
But why should I begg more Love, when as thou
Dost wooe my soule, for hers, offring all thine :
And dost not only feare lest I allow
My Love to Saints and Angels things divine,
But in thy tender jealosy dost doubt
Lest the World, Fleshe, yea Devill putt thee out.

XVII

Depuis que mon aimée, pour son bien et le mien,
Est morte, ultime dette à Nature payée,
Et qu'elle a eu au ciel son Âme tôt ravie,
J'ai l'esprit, désormais, tout aux choses du ciel.
Ici-bas, l'admirer m'aiguillonnait l'esprit
À te chercher, mon Dieu ; au fleuve on voit la source ;
T'ayant ainsi trouvé, j'ai ma soif étanché,
Mais, sainte hydropisie, en moi elle demeure.
Mais pourquoi réclamer plus d'Amour, quand tu m'offres,
Mon âme courtisant, tout le tien pour le sien,
Et crains non seulement que mon Amour je n'offre
Aux Anges et aux Saints, qui sont choses divines,
Mais te demandes même, ô tendre jalousie,
Si ne vont te chasser Monde, Chair, Démon même.

XVIII

Show me, deare Christ, thy spouse, so bright and clear.
What ! is it She, which on the other shore
Goes richly painted ? or which rob'd and tore
Laments and mournes in Germany and here ?
Sleepes she a thousand, then peepes up one yeare ?
Is she selfe truth, and errs ? now new, now outwore ?
Doth she, and did she, and shall she evermore
On one, on seaven, or on no hill appeare ?
Dwells she with us, or like adventuring knights
First travaile we to seeke and then make Love ?
Betray kind husband thy spouse to our sights,
And let myne amorous soule court thy mild Dove,
Who is most trew, and pleasing to thee, then
When she'is embrac'd and open to most men.

XVIII

Montre-moi, Christ chéri, ton épouse éclatante.
Quoi ? est-ce Elle, cela qu'on voit richement peint
Sur l'autre rive ? ou qui, détroussé, en haillons,
Ci et en Germanie gémit et se lamente ?
D'un sommeil de mille ans émerge-t-elle un an ?
Elle, le vrai, errant ? neuve puis démodée ?
Fait-elle, a-t-elle fait, fera-t-elle jamais
Apparition sur un, sur sept, ou aucun mont ?
Vit-elle parmi nous, ou l'allons-nous chercher,
En chevaliers errants, pour lui faire l'Amour ?
Bon mari, à nos yeux trahis donc ton épouse,
Laisse mon âme aimante aborder ta Colombe,
Qui d'autant plus te plaît et te reste fidèle
Qu'elle s'ouvre plus grand pour étreindre plus d'hommes.

XIX

Oh, to vex me, contraryes meet in one :
Inconstancy unnaturally hath begott
A constant habit ; that when I would not
I change in vowes, and in devotione.
As humorous is my contritione
As my prophane love, and as soone forgott :
As riddlingly distemper'd, cold and hott,
As praying, as mute ; as infinite, as none.
I durst not view heaven yesterday ; and to day
In prayers, and flattering speaches I court God :
To morrow I quake with true feare of his rod.
So my devout fitts come and go away
Like a fantastique Ague ; save that here
Those are my best dayes, when I shake with feare.

XIX

Ah, pour me tourmenter, les contraires s'unissent :
De l'instabilité, contre nature est née
Une habitude stable, et malgré mon vouloir
Je change de serments et de dévotion.
Tout aussi versatile est ma contrition
Que mon Amour profane, aussi vite oubliée,
Tout comme lui passant de chaud à froid, énigme,
Priant, puis se taisant, infinie et puis rien.
Hier, je n'osais pas voir le ciel ; aujourd'hui,
Je fais la cour à Dieu, je le prie et le flatte,
Demain, je vais trembler de vraie peur de sa verge.
Ainsi viennent et vont mes accès de ferveur,
Fièvre-quarte fantasque, à ceci près : mes jours
Les meilleurs, ce sont ceux où je tremble de peur.

THE CROSSE.

Since Christ embrac'd the Crosse it selfe, dare I
His image, th' image of his Crosse deny?
Would I have profit by the sacrifice,
And dare the chosen Altar to despise?
It bore all other sinnes, but is it fit
That it should beare the sinne of scorning it?
Who from the picture would avert his eye,
How would he flye his paines, who there did dye?
From mee, no Pulpit, nor misgrounded law,
Nor scandall taken, shall this Crosse withdraw,
It shall not, for it cannot; for, the losse
Of this Crosse, were to mee another Crosse;
Better were worse, for, no affliction,
No Crosse is so extreme, as to have none.
Who can blot out the Crosse, which th' instrument
Of God, dew'd on mee in the Sacrament?
Who can deny mee power, and liberty
To stretch mine arms, and mine own Crosse to be?
Swimme, and at every stroake, thou art thy Crosse;
The Mast and yard make one, where seas do tosse;
Looke down, thou spiest out Crosses in small things;
Looke up, thou seest birds rais'd on crossed wings;
All the Globes frame, and spheares, is nothing else
But the Meridians crossing Parallels.
Material Crosses then, good physicke bee,
But yet spirituall have chiefe dignity.
These for extracted chimique medicine serve,
And cure much better, and as well preserve;
Then are you your own physicke, or need none,

LA CROIX.

Christ embrassa la Croix elle-même, et moi j'ose
En refuser l'image, image de sa Croix ?
Quoi ? je retirerais profit du sacrifice
Et de l'Autel élu j'oserais faire fi ?
Il porta tous péchés, mais en avoir mépris,
Est-il approprié qu'il porte celui-ci ?
On peut bien détourner son regard de l'image,
Comment fuir ses douleurs, à lui qui y mourut ?
Chaire non plus que loi malfondée ni scandale
Ne pourront de mon âme enlever cette Croix,
Cela ne sera pas, c'est impossible, car
Perdre cette Croix-là me serait autre Croix ;
Mieux serait pire, car il n'est pas d'affliction,
Pas de Croix si outrée, que de n'en avoir pas.
Qui peut sécher la Croix dont de Dieu l'instrument
A humecté mon âme au jour du Sacrement ?
Qui peut me dénier liberté et pouvoir,
En étendant les bras, d'être ma propre Croix ?
Nage, aussitôt tu es ta Croix à chaque brasse ;
Vergue et mât en font une, où les mers se démontent ;
Regarde en bas, tu vois des Croix dedans l'infime,
Et en haut, des oiseaux sur leurs ailes en Croix ;
Et le globe, les sphères, ont-ils autre structure
Que Méridiens en croix avec des Parallèles ?
Bon remède elles sont, ces Croix matérielles,
Mais dignité plus haute ont les spirituelles.
A base de chimie, elles sont médecine
Qui soigne beaucoup mieux, et qui prévient aussi ;
On est son médecin, ou n'en a nul besoin,

When Still'd, or purg'd by tribulation.
For when that Crosse ungrudg'd, unto you stickes,
Then are you to your selfe, a Crucifixe.
As perchance, Carvers do not faces make,
But that away, which hid them there, do take ;
Let Crosses, soe, take what hid Christ in thee,
And be his image, or not his, but hee.
But, as oft Alchemists doe coyners prove,
So may a selfe-dispising, get selfe-love,
And then as worst surfets, of best meates bee,
Soe is pride, issued from humility,
For, 'tis no child, but monster ; therefore Crosse
Your joy in crosses, else, 'tis double losse.
And cross thy senses, else, both they, and thou
Must perish soone, and to destruction bowe.
For if the eye seeke good objects, and will take
No crosse from bad, wee cannot scape a snake.
So with harsh, hard, sour, stinking, crosse the rest,
Make them indifferent all ; call nothing best.
But most the eye needs crossing, that can rome,
And move ; To th'others th'objects must come home.
And crosse thy heart : for that in man alone
Points downewards, and hath palpitation.
Crosse those dejections, when it downeward tends,
And when it to forbidden heights pretends.
And as the braine through bony walls doth vent
By sutures, which a Crosses forme present,
So when thy braine works, ere thou utter it,
Crosse and correct concupiscence of wit.
Be covetous of Crosses, let none fall.
Crosse no man else, but cross thy selfe in all.
Then doth the Crosse of Christ worke fruitfully

Une fois distillé ou purgé par l'épreuve.
Car lorsqu'on a sur soi, et de bon cœur, collée
Cette Croix-là, on est son propre Crucifix.
Tout comme les Sculpteurs ne font pas les visages,
Mais enlèvent ce qui les cachait, ainsi puissent
Les Croix ôter en toi ce qui cachait le Christ,
Et sois de lui l'image, ou plutôt non, sois lui.
Mais souvent l'Alchimiste est aussi un faussaire,
Et le mépris de soi tourne à l'amour de soi,
Et donc - plus fin le mets, pire l'indigestion -,
Tel est aussi l'orgueil fils de l'humilité :
Ce n'est pas un enfant, c'est un monstre ; fais donc
Une croix sur ta joie aux croix, ou tu perds double.
De même sur tes sens, sinon, et eux et toi
Devez bientôt périr, vaincus, anéantis.
Car œil cherchant le bon mais ne voulant croiser
Le mauvais, à serpent ne peut pas échapper.
Croix aussi sur aigu, dur, puant et amer,
Fais tout indifférent ; ne dis rien excellent.
Mais la croix, l'œil surtout la réclame : il se meut
Et erre ; leurs objets doivent venir aux autres.
Et puis, croix sur ton cœur : il est le seul en l'homme
À pointer vers le bas, et seul à palpiter.
Croix sur ses déjections quand vers le bas il tend,
Ou quand à des sommets interdits il prétend.
Et comme, en ses murs d'os, la cervelle s'exhale
Par sutures ayant une forme de croix,
De même, quand elle œuvre, avant tout mot, censure
Le désir de briller, fais une croix dessus.
Convoite donc les Croix, n'en laisse choir aucune.
Ne sois la Croix d'aucun, sinon de toi, en tout.
En nos cœurs, avec fruit œuvre la Croix du Christ

Within our hearts, when wee love harmlesly
That Crosses pictures much, and with more care
That Crosses children, which our Crosses are.

Lorsque de cette Croix nous aimons les images
Innocemment et fort, et veillons à chérir
Les fils de cette Croix, qui sont nos Croix à nous.

A HYMNE TO CHRIST, AT THE AUTHORS LAST GOING INTO GERMANY.

In what torne ship soever I embarke,
That ship shall be my emblem of thy Arke ;
What sea soever swallow mee, that flood
Shall be to mee an emblem of thy blood ;
Though thou with clouds of anger do disguise
Thy face, yet through that maske I know those eyes,
Which, though they turn away sometimes,
They never will despise.

I sacrifice this Iland unto thee,
And all whom I lov'd there, and who lov'd mee ;
When I have put our seas twixt them and mee,
Put thou thy sea betwixt my sinnes and thee.
As the trees sap doth seeke the root below
In winter, in my winter now I go,
Where none but thee, th'Eternall root
Of true Love I may know.

Nor thou nor thy religion dost controule,
The amorousnesse of an harmonious Soule,
But thou would'st have that love thyselfe : as thou
Art jealous, Lord, so I am jealous now,
Thou lov'st not, till from loving more, thou free
My soule : Who ever gives, takes libertie ;
Oh, if thou car'st not whom I love
Alas, thou lov'st not mee.

UN HYMNE AU CHRIST,
À L'OCCASION DU DERNIER DÉPART
DE L'AUTEUR POUR L'ALLEMAGNE.

Quel que soit le rafiot sur lequel je m'embarque,
Ce bateau me sera l'emblème de ton Arche ;
Quelle que soit la mer qui m'avale, ce flot
Me sera, quant à lui, l'emblème de ton sang ;
Tu as beau travestir de coléreuses nues
Ta face, je vois bien, sous ce masque, ces yeux
Qui, même si parfois ils regardent ailleurs,
Ne méprisent jamais.

Vois, je te sacrifie cette Île, avec tous ceux
Que j'ai pu y aimer, aussi ceux qui m'aimèrent ;
Et quand entre eux et moi j'aurai, moi, mis nos mers,
Mets, entre mes péchés et toi, la tienne mer.
Comme la sève qui, l'hiver, gagne sous terre
La racine de l'arbre, en mon hiver je vais
Où connaître toi seule, Éternelle racine
De l'Amour véritable.

Tu ne règles, non plus que ta religion,
Les amoureux penchants d'une âme harmonieuse,
Mais tu voudrais pour toi cet amour ; si, Seigneur,
Tu es jaloux, eh bien ! moi je le suis aussi :
Tu n'aimes pas, puisque tu permets à mon âme
D'aimer ailleurs : on prend la liberté qu'on donne ;
Ah, si savoir qui j'aime, en rien ne t'intéresse,
Las ! tu ne m'aimes pas.

Seale then this bill of my Divorce to All,
On whom those fainter beams of love did fall ;
Marry those loves, which in youth scattered bee
On Fame, Wit, Hopes (false mistresses) to thee.
Churches are best for Prayer, that have least light :
To see God only, I goe out of sight ;
    And to scape stormy dayes, I choose
        An Everlasting night.

Scelle donc mon contrat de Divorce avec Tout
Ce sur quoi, plus pâlots, tombaient ces rais d'amour ;
Épouse ces amours qu'on éparpilla, jeune,
Sur Gloire, Esprit, Espoirs, toutes fausses maîtresses.
Plus une église est sombre et mieux on peut Prier :
Je ne veux voir que Dieu, aussi je disparais
Et choisis, pour m'enfuir de ces jours de tempête,
Une Éternelle nuit.

HYMNE TO GOD MY GOD,
IN MY SICKNESSE.

Since I am comming to that Holy roome,
Where, with thy Quire of Saints for evermore,
I shall be made thy Musique ; As I come
I tune the Instrument here at the dore,
And what I must doe then, thinke here before.

Whilst my Physitians by their love are growne
Cosmographers, and I their Mapp, who lie
Flat on this bed, that by them may be showne
That this is my South-west discoverie
Per fretum febris, by these streights to die,

I joy, that in these straits, I see my West ;
For, though those currants yeeld returne to none,
What shall my West hurt me ? As West and East
In all flatt Maps (and I am one) are one,
So death doth touch the Resurrection.

Is the Pacifique sea my home ? Or are
The Eastern riches ? Is *Ierusalem* ?
Anyan, and *Magellan*, and *Gibraltare*,
All streights, and none but streights, are wayes to them,
Whether where *Iaphet* dwelt, or *Cham*, or *Sem*.

We think that Paradise and Calvarie,
Christs Crosse and *Adams* tree, stood in one place ;

HYMNE À DIEU, MON DIEU, DANS MA MALADIE.

Puisque j'arrive auprès de la chambre Sacrée
Où serai, à jamais avec ton Chœur de Saints,
Changé en ta Musique, aussitôt arrivé
J'accorde l'Instrument, ici, devant la porte,
Et pense par avance à tout ce qui m'attend.

Tandis que leur amour transforme en Cosmographes
Mes Médecins, et moi en leur Carte, qui gis
A plat dessus le lit pour qu'ils puissent montrer
Que j'ai, là, découvert du Sud-Ouest le passage,
Soit, *per fretum febris*, par ces détroits mourir,

Je suis joyeux de voir en ces détroits mon Ouest ;
Car, quoique leurs courants ne rendent jamais rien,
Pourquoi craindre mon Ouest ? De même qu'Est et Ouest
Dessus un Planisphère (et j'en suis un) sont un,
La mort, de même, touche à la Résurrection.

Où ma demeure est-elle ? en la Mer Pacifique ?
En le riche Orient ou à *Jérusalem* ?
Y mènent *Magellan, Anyan, Gibraltar,*
Qui sont tous des détroits, et seuls des détroits mènent
Où demeura *Japhet*, ou bien *Cham*, ou bien *Sem.*

Nous pensons que *Calvaire, Eden* et Croix du *Christ,*
Aussi l'Arbre d'*Adam,* furent en même lieu ;

Looke, Lord, and finde both *Adams* met in me ;
As the first *Adams* sweat surrounds my face,
May the last *Adams* blood my soule embrace.

So, in his purple wrapp'd receive mee Lord ;
By these his thornes give me his other Crowne ;
And as to others soules I preach'd thy word,
Be this my Text, my Sermon to mine owne,
Therfore that he may raise the Lord throws
down.

Vois, Seigneur, trouve en moi les deux *Adams* unis :
Du premier la sueur me baigne le visage,
Me puisse, du dernier, le sang étreindre l'âme.

Tel reçois-moi, Seigneur, en sa pourpre drapé,
Sur moi retresse-lui sa couronne d'épines,
Et, comme j'ai prêché ton Verbe à d'autres âmes,
Que le Texte soit tel du Sermon à la mienne :
C'est afin d'élever que le Seigneur abat.

Table

Rivages poche /Petite Bibliothèque
Collection dirigée par Lidia Breda

L'Art de ne croire en rien (n° 392)	
Sefer Yesirah ou Le livre de la Création (n° 387)	
Giorgio Agamben	*Stanze* (n° 257)
	Moyens sans fins (n° 380)
	Ce qui reste d'Auschwitz (n° 390)
	L'Ombre de l'amour (n° 434)
	Le Temps qui reste (n° 466)
Günther Anders	*Nous, fils d'Eichmann* (n° 426)
Apulée	*Le Démon de Socrate* (n° 110)
Hannah Arendt	*Considérations morales* (n° 181)
	Le Concept d'amour chez Augustin (n° 288)
	Qu'est-ce que la philosophie de l'existence ? (n° 400)
L'Arétin	*Sonnets luxurieux* (n° 192)
Aristote	*L'Homme de génie et la Mélancolie* (n° 39)
	Rhétorique-Des passions (n° 40)
	Éthique à Eudème (n° 129)
	La Vérité des songes (n° 162)
W. H. Auden	*Shorts* (n° 407)
	Horae Canonicae (n° 523)
Marc Augé	*L'Impossible Voyage* (n° 214)
	Les Formes de l'oubli (n° 333)
Augustin	*La Vie heureuse* (n° 261)
	Le Bonheur conjugal (n° 347)
Francis Bacon	*Sur le prolongement de la vie et les moyens de mourir* (n° 401)
Barbey d'Aurevilly	*Du dandysme et de George Brummell* (n° 233)
Bruce Benderson	*Pour un nouvel art dégénéré* (n° 259)
	Sexe et solitude (n° 335)
Walter Benjamin	*Je déballe ma bibliothèque* (n° 320)
Léon Bloy	*Exégèse des lieux communs* (n° 501)
Boèce	*Consolation de la Philosophie* (n° 58)
Marie Bonaparte	*Topsy, les raisons d'un amour* (n° 456)

Bossuet	*Sermon sur les anges gardiens* (n° 516)
Georg Büchner	*Lenz* (n° 244)
Buffon	*Discours sur la nature des animaux* (n° 424)
Casanova	*Mon apprentissage à Paris* (n° 252)
Michel Cassé	*Théories du ciel* (n° 504)
Anne Cauquelin	*Petit traité du jardin ordinaire* (n° 499)
Patrizia Cavalli	*Toujours ouvert théâtre* (n° 379)
Claude Chabrol - François Guérif	*Comment faire un film* (n° 462)
Catherine Chalier	*De l'intranquillité de l'âme* (n° 495)
Mme du Châtelet	*Discours sur le bonheur* (n° 221)
Malek Chebel	*Du désir* (n° 414)
Chesterfield	*Lettres à son fils* (n° 99)
Christine de Suède	*Maximes* (n° 200)
Claude Crébillon	*Lettres de la Marquise de M*** au Comte de R**** (n° 322)
Tullia d'Aragona	*De l'infinité d'amour* (n° 210)
Charles Darwin	*L'Expression des émotions chez l'homme et les animaux* (n° 351)
Mme du Deffand	*Lettres à Voltaire* (n° 139)
Erri De Luca	*Un nuage comme tapis* (n° 176)
	Rez-de-chaussée (n° 191)
	Alzaia (n° 382)
	Première heure (n° 441)
Alfred Döblin	*Sur la musique* (n° 386)
John Donne	*Méditations en temps de crise* (n° 365)
Dostoïevski	*Carnets* (n° 511)
Maître Eckhart	*Du détachement* (n° 143)
	Conseils spirituels (n° 408)
	La Divine Consolation (n° 449)
	Sermons allemands (n° 512)
Umberto Eco - Cardinal Martini	*Croire en quoi ?* (n° 238)
Einstein / Freud	*Pourquoi la guerre ?* (n° 488)

R. W. Emerson	*La Confiance en soi* (n° 302)
Épictète	*Manuel* (n° 132)
Euripide - Sénèque	*Médée* (n° 211)
M. Fernandez	*Tout n'est pas veille lorsqu'on a les yeux ouverts* (n° 465)
Ennio Flaiano	*Journal des erreurs* (n° 275)
Charles Fourier	*Des harmonies polygames en amour* (n° 417)
Anatole France	*Le procurateur de Judée* (n° 496)
S. Freud - S. Zweig	*Correspondance* (n° 166)
H. G. Gadamer	*L'Héritage de l'Europe* (n° 429)
Francis Galton	*Petit manuel de survie* (n° 467)
Goethe	*Maximes et réflexions* (n° 343)
W. Gombrowicz	*Cours de philosophie en six heures un quart* (n° 171)
Baltasar Gracián	*L'Art de la prudence* (n° 116)
Heinrich Heine	*Idées. Le Livre de Le Grand* (n° 437)
Hésiode	*Théogonie- La naissance des dieux* (n° 83)
Hippocrate	*Sur le rire et la folie* (n° 49) *Airs, eaux, lieux* (n° 174)
H. von Hofmannsthal	*Lettre de Lord Chandos* (n° 312) *Chemins et rencontres* (n° 396) *Lettres à Rilke (1902-1925)* (n° 459) *Les mots ne sont pas de ce monde* (n° 494)
F. Hölderlin	*Poèmes* (1806-1843) (n° 352) *Hymnes* (n° 482)
Horace	*Vivre à la campagne* (n° 344)
Jahiz	*Éphèbes et courtisanes* (n° 231)
Jean	*Apocalypse* (n° 165) *Évangile* (n° 321)
Jean Chrysostome	*De l'incompréhensibilité de Dieu* (n° 317)
Jean Paul	*Être là dans l'existence* (n° 239)
Hans Jonas	*Le Concept de Dieu après Auschwitz* (n° 123) *Le Droit de mourir* (n° 196) *Pour une éthique du futur* (n° 235) *Évolution et liberté* (n° 486)

Franz Kafka	*Réflexions sur le péché, la souffrance, l'espérance et le vrai chemin* (n° 334)
Stephen Karcher	*Yi king* (n° 247)
S. Kierkegaard	*Johannes Climacus ou Il faut douter de tout* (n° 223)
	Crainte et tremblement (n° 291)
	La Répétition (n° 413)
	Dialectique de la communication (n° 470)
P. Klossowski	*La Monnaie vivante* (n° 230)
Karl Kraus	*La Littérature démolie* (n° 92)
	Cette grande époque (n° 294)
Mme de Lambert	*De l'amitié* (n° 268)
J. O. de La Mettrie	*L'Homme plus que machine* (n° 442)
François de La Rochefoucauld	*Maximes et mémoires* (n° 345)
S. J. Lec	*Nouvelles pensées échevelées* (n° 306)
J. M. R. Lenz	*Cours philosophiques pour âmes sentimentales* (n° 325)
G. Leopardi	*Philosophie pratique* (n° 258)
E. Levinas	*Quelques réflexions sur la philosophie de l'hitlérisme* (n° 226)
	Éthique comme philosophie première (n° 254)
G. C. Lichtenberg	*Pensées* (n° 283)
Lie Zi	*Du vide parfait* (n° 263)
Prince de Ligne	*Pensées, portraits et lettres* (n° 381)
Longin	*Du sublime* (n° 105)
Adolf Loos	*Ornement et crime* (n° 412)
Lucien	*Philosophes à vendre* (n° 72)
A. Machado	*De l'essentielle hétérogénéité de l'être* (n° 391)
Marc Aurèle	*À soi-même* (n° 440)
Gabriel Matzneff	*De la rupture* (n° 298)
F.-A. Paradis de Moncrif	*Essais sur la nécessité et sur les moyens de plaire* (n° 364)
Montaigne	*De la vanité* (n° 63)
	L'Art de conférer (n° 330)
Montesquieu	*Essai sur le goût* (n° 96)
Elsa Morante	*Petit manifeste des communistes* (n° 500)
André Morellet	*De la Conversation* (n° 169)
F. Nietzsche	*Dernières lettres* (n° 70)
	Ainsi parla Zarathoustra (n° 394)

D. Noguez	*Les Plaisirs de la vie* (n° 353) *Comment rater complètement sa vie en onze leçons* (n° 438)
Kakuzo Okakura	*Le Livre du thé* (n° 481)
Ortega y Gasset	*Le Spectateur* (n° 80) *Études sur l'amour* (n° 452)
Ovide	*Amours* (n° 202)
Martin Palmer	*Le Taoïsme* (n° 222)
Pascal	*Pensées sur la politique* (n° 75) *L'Art de persuader* (n° 330)
Fernando Pessoa	*Fragments d'un voyage immobile* (n° 42) *Lettres à la fiancée* (n° 43)
Pétrarque	*Mon secret* (n° 52) *La Vie solitaire* (n° 266) *Contre la bonne et la mauvaise fortune* (n° 360)
Enea Silvio Piccolomini (Pape Pie II)	*Lettre à Mahomet II* (n° 393)
Platon	*Le Banquet* (n° 493)
Plutarque	*Comment tirer profit de ses ennemis* (n° 103) *Comment écouter* (n° 150) *La Sérénité intérieure* (n° 336) *Manger la chair* (n° 395)
Karl R. Popper	*Des sources de la connaissance et de l'ignorance* (n° 241)
Félix Ravaisson	*De l'habitude* (n° 208)
Jacques-Antoine de Révéroni Saint-Cyr	*Pauliska* ou *La Perversité moderne* (n° 361)
R. M. Rilke	*Journal de Westerwede et de Paris,* 1902 (n° 409) *Lettres de Paris* (n° 514)
Lalla Romano	*J'ai rêvé de l'Hôpital* (n° 272)
Rosvita	*Résurrection de Drusiane et de Calimaque* (n° 378)
J.-J. Rousseau	*Émile et Sophie* (n° 127)
R. Sánchez Ferlosio	*Nous aurons encore de mauvais moments* (n° 287)
Pierre Sansot	*Du bon usage de la lenteur* (n° 313) *Chemins aux vents* (n° 388)
Sappho	*Poèmes* (n° 478)

Fernando Savater	*Pour l'éducation* (n° 314)
K. G. Schelle	*L'Art de se promener* (n° 187)
Arthur Schnitzler	*Lettres aux amis* (n° 45)
	Relations et solitudes (n° 51)
	La Transparence impossible (n° 68)
G. Scholem	*Benjamin et son ange* (n° 158)
Schopenhauer	*Douleurs du monde* (n° 57)
	Essai sur le libre arbitre (n° 66)
	Contre la philosophie universitaire (n° 113)
C. M. Schulz	*La vie est un rêve, Charlie Brown* (n° 368)
	Lucy psychiatre (n° 369)
	Courage, Charlie Brown (n° 402)
	Il est temps de changer, Charlie Brown (n° 403)
	Il était une fois, Charlie Brown (n° 430)
	On va y arriver, Charlie Brown (n° 431)
	Peanuts (n° 446)
	C'est la vie, Charlie Brown (n° 471)
	Sauve qui peut, Charlie Brown (n° 472)
	Il ne faut pas faire ça, Charlie Brown (n° 484)
	Par une nuit noire et orageuse
	Te voilà, Charlie Brown (n° 505)
	Les amours des Peanuts (n° 506)
	As-Tu jamais pensé que Tu pouvais avoir tort ? (n° 524)
	Envole-toi, Charlie Brown (n° 525)
Sénèque	*De la tranquillité de l'âme* (n° 48)
	De la brièveté de la vie (n° 53)
	Consolations (n° 60)
	Le Temps à soi (n° 457)
	De la clémence (n° 490)
Angelus Silesius	*Le Voyageur chérubinique* (n° 464)
Georg Simmel	*Philosophie de l'amour* (n° 55)
	La Tragédie de la culture (n° 86)
	Michel-Ange et Rodin (n° 180)
Peter Sloterdijk	*Dans le même bateau* (n° 420)
Natsumé Sôseki	*Mon individualisme* (n° 450)
Mme de Staël	*De l'influence des passions* (n° 299)
Stendhal	*Du rire* (n° 513)
Stoïciens (Les)	*Passions et vertus* (n° 445)

Leo Strauss	*Nihilisme et politique* (n° 460)
Sunzi – Sun Bin	*L'Art de la guerre* (n° 458)
Heinrich Suso	*Tel un aigle* (n° 487)
Italo Svevo	*Dernières cigarettes* (n° 311)
Jonathan Swift	*La Bataille des livres et autres essais* (n° 419)
Jacob Taubes	*En divergent accord* (n° 425)
Thérèse d'Avila	*Le Château intérieur* (n° 248)
Chantal Thomas	*Comment supporter sa liberté* (n° 297)
	Sade, la dissertation et l'orgie (n° 384)
	Souffrir (n° 522)
F. de Towarnicki	*Martin Heidegger* (n° 385)
Shmuel Trigano	*Le Temps de l'exil* (n° 515)
M. Tsvétaïéva	*Après la Russie* (n° 89)
Raoul Vaneigem	*Pour l'abolition de la société marchande-pour une société vivante* (n° 480)
Otto Weininger	*Livre de poche* et *Lettres à un ami* (n° 489)
J. Van de Wetering	*Un éclair d'éternité* (n° 278)
	Le Miroir vide (n° 310)
	L'Après-zen (n° 421)
Oscar Wilde	*La Vérité des masques* (n° 346)
Xénophon	*L'Économique* (n° 145)
J.-G. Ymbert	*L'Art de faire des dettes* (n° 193)
Yogīndu	*Lumière de l'Absolu* (n° 281)
Federico Zeri	*Renaissance et pseudo-Renaissance* (n° 356)
	Le Mythe visuel de l'Italie (n° 357)
Stefan Zweig / Arthur Schnitzler	*Correspondance* (n° 348)

Rivages poche / Bibliothèque étrangère

Harold Acton	*Pivoines et Poneys* (n° 73)
Sholem Aleikhem	*Menahem-Mendl le rêveur* (n° 84)
Kingsley Amis	*La Moustache du biographe* (n° 289) *Sur la fin* (n° 404)
Jessica Anderson	*Tirra Lirra* (n° 194)
Reinaldo Arenas	*Le Portier* (n° 26)
Beryl Bainbridge	*Georgie* (n° 367)
James Baldwin	*La Chambre de Giovanni* (n° 256) *La Conversion* (n° 479)
Melissa Bank	*Manuel de chasse et de pêche à l'usage des filles* (n° 326)
Quentin Bell	*Le Dossier Brandon* (n° 102)
Bruce Benderson	*New York Rage* (n° 476)
Stefano Benni	*Baol* (n° 179)
Ambrose Bierce	*Le Dictionnaire du Diable* (n° 11) *Contes noirs* (n° 59) *En plein cœur de la vie,* vol. I (n° 79) *En plein cœur de la vie,* vol. II (n° 100) *De telles choses sont-elles possibles ?* (n° 130) *Fables fantastiques* (n° 170) *Le Moine et la fille du bourreau* (n° 206)
Elizabeth Bowen	*Dernier Automne* (n° 265) *Eva Trout* (n° 358) *L'Adultère* (n° 376) *La chaleur du jour* (n° 518)
Paul Bowles	*Le Scorpion* (n° 3) *L'Écho* (n° 23) *Un thé sur la montagne* (n° 30)
M. E. Braddon	*Le Secret de lady Audley* (n° 340)
Louis Buss	*Le Luxe de l'exil* (n° 327)
Robert O. Butler	*Un doux parfum d'exil* (n° 197) *Étrange Murmure* (n° 270) *La Nuit close de Saigon* (n° 296)

	La Fille d'Hô Chi Minh-Ville (n° 339)
	Tabloid Dreams (n° 497)
Calamity Jane	*Lettres à sa fille* (n° 232)
Peter Cameron	*Week-end* (n° 245)
	Année bissextile (n° 303)
	Andorra (n° 433)
	Là-bas (n° 498)
Ethan Canin	*L'Empereur de l'air* (n° 109)
	Blue River (n° 157)
Truman Capote	*Un été indien* (n° 9)
Willa Cather	*Mon ennemi mortel* (n° 74)
	Une dame perdue (n° 101)
	Destins obscurs (n° 117)
	La Mort et l'Archevêque (n° 144)
	Mon Ántonia (n° 159)
	La Maison du professeur (n° 217)
	L'Un des nôtres (n° 285)
	Des ombres sur le rocher (n° 337)
Daniel Chavarría	*Madrid cette année-là* (n° 341)
G. C. Chelli	*L'Héritage Ferramonti* (n° 290)
Rafael Chirbes	*Tableau de chasse* (n° 316)
	La Belle Écriture (n° 451)
Fausta Cialente	*Les Quatre Filles Wieselberger* (n° 10)
Barbara Comyns	*Les Infortunes d'Alice* (n° 94)
Joseph Conrad	*Le Duel* (n° 106)
Lettice Cooper	*Une journée avec Rhoda* (n° 137)
	Fenny (n° 264)
Jim Crace	*Quarantaine* (n° 491)
G. Culicchia	*Patatras* (n° 227)
	Paso Doble (n° 309)
Silvio D'Arzo	*Maison des autres* (n° 78)
Robertson Davies	*L'Objet du scandale* (n° 234)
	Le Manticore (n° 260)
	Le Monde des Merveilles (n° 280)
	Les Anges rebelles (n°435)
A. Davis-Gardner	*Un refuge en ce monde* (n° 118)
	Felice (n° 203)
Andrea De Carlo	*Oiseaux de cage et de volière* (n° 178)
Walter de la Mare	*L'Amandier* (n° 108)

	Du fond de l'abîme (n° 141)
	À première vue (n° 219)
D. Del Giudice	*Le Stade de Wimbledon* (n° 209)
Erri De Luca	*Une fois, un jour* (n° 119)
	Acide, Arc-en-ciel (n° 201)
	En haut à gauche (n° 251)
	Tu, mio (n° 315)
Alfred Döblin	*L'Assassinat d'une renoncule* (n° 25)
H. von Doderer	*Un meurtre que tout le monde commet* (n° 14)
Michael Dorris	*Un radeau jaune sur l'eau bleue* (n° 121)
G. Du Maurier	*Trilby* (n° 508)
Karen Duve	*Déluge* (n° 405)
J. M. Falkner	*Le Stradivarius perdu* (n° 153)
	Le Blason de Lord Blandamer (n° 473)
Sergio Ferrero	*Le Jeu sur le pont* (n° 370)
	Dans l'ombre (n° 410)
Eva Figes	*Lumière* (n° 5)
Ronald Firbank	*La Fleur foulée aux pieds* (n° 304)
	Les Excentricités du cardinal Pirelli (n° 305)
Richard Ford	*Rock Springs* (n° 220)
Janet Frame	*Les hiboux pleurent vraiment* (n° 375)
	Le Jardin aveugle (n° 461)
	Visages noyés (n° 462)
Mavis Gallant	*Les Quatre Saisons* (n° 82)
	Voyageurs en souffrance (n° 175)
	L'Été d'un célibataire (n° 205)
	Chroniques de Mai 68 (n° 246)
Jane Gardam	*La Dame aux cymbales* (n° 276)
William Gass	*Au cœur du cœur de ce pays* (n° 146)
Nicci Gerrard	*Quand nous étions jeunes* (n° 520)
Kaye Gibbons	*Ellen Foster* (n° 4)
	Une femme vertueuse (n° 31)
Barry Gifford	*Les Vies parallèles de Jack Kerouac* (n° 81)
	Paysage avec voyageur (n° 133)
Lars Gustafsson	*Musique funèbre* (n° 135)
James Hanley	*Loin du monde* (n° 455)
Thomas Hardy	*Les Yeux bleus* (n° 371)
MacDonald Harris	*La Valise de Hemingway* (n° 149)

Robert Hellenga	*Les Seize Voluptés* (n° 415)
C. Isherwood	*Le Condor* (n° 28)
	Octobre (n° 284)
Laura Jacobs	*New-Yorkaises* (n° 503)
Henry James	*Mémoires d'un jeune garçon* (n° 27)
	Owen Wingrave (n° 36)
	Le Dernier des Valerii (n° 62)
	Un épisode international (n° 97)
	Carnet de famille (n° 292)
	La Tour d'ivoire (n° 355)
	Le Siège de Londres et autres nouvelles (n° 482)
Diane Johnson	*Nuits persanes* (n° 185)
Elizabeth Jolley	*L'Héritage de Miss Peabody* (n° 87)
	Tombé du ciel (n° 131)
	Foxybaby (n° 161)
	Le Puits (n° 282)
Francis King	*La Maison des ténèbres* (n° 349)
B. Kingsolver	*L'Arbre aux haricots* (n° 224)
	Les Cochons au paradis (n° 242)
	Les Yeux dans les arbres (n° 331)
	Une rivière sur la lune (n° 439)
	Un été prodigue (n° 468)
	Une île sous le vent (n° 519)
Rudyard Kipling	*Le Miracle de saint Jubanus* (n° 85)
B. Kirshenbaum	*Poésie, sexe et mélancolie* (n° 422)
Fatos Kongoli	*Le Paumé* (n° 271)
	L'Ombre de l'autre (n° 301)
	Le Dragon d'ivoire (n° 366)
	Le Rêve de Damoclès (n° 443)
Mirko Kovăc	*La Vie de Malvina Trifković* (n° 111)
Gavin Lambert	*Le Crime de Hannah Kingdom* (n° 104)
Wendy Law-Yone	*Tango birman* (n° 342)
A. Le Chapelain	*Comment maintenir l'amour* (n° 418)
Ella Leffland	*Rose Munck* (n° 134)
David Lodge	*Jeu de société* (n° 44)
	Changement de décor (n° 54)
	Un tout petit monde (n° 69)
	La Chute du British Museum (n° 93)
	Nouvelles du Paradis (n° 124)

	Jeux de maux (n° 154)
	Hors de l'abri (n° 189)
	L'homme qui ne voulait plus se lever (n° 212)
	Thérapie (n° 240)
	Les Quatre Vérités (n° 362)
	Pensées secrètes (n° 448)
Rosetta Loy	*Les Routes de poussière* (n° 164)
	Un chocolat chez Hanselmann (n° 255)
	Madame Della Seta aussi est juive (n° 318)
	La Porte de l'eau (n° 399)
	À l'insu de la nuit (n° 509)
Alison Lurie	*Les Amours d'Emily Turner* (n° 7)
	La Ville de nulle part (n° 21)
	La Vérité sur Lorin Jones (n° 32)
	Des gens comme les autres (n° 38)
	Conflits de famille (n° 46)
	Des amis imaginaires (n° 71)
	Comme des enfants (n° 107)
	Femmes et Fantômes (n° 182)
	Liaisons étrangères (n° 207)
	Ne le dites pas aux grands (n° 279)
	Un été à Key West (n° 300)
Norman Maclean	*Montana, 1919* (n° 140)
	La Rivière du sixième jour (n° 213)
	La Part du feu (n° 243)
Diego Marani	*Nouvelle grammaire finnoise* (n° 510)
Javier Marías	*L'Homme sentimental* (n° 24)
	Le Roman d'Oxford (n° 114)
	Un cœur si blanc (n° 186)
	Ce que dit le majordome (n° 237)
	Demain dans la bataille pense à moi (n° 253)
	Quand j'étais mortel (n° 295)
Olga Masters	*Le Cœur labyrinthe* (n° 115)
Jay McInerney	*Toute ma vie* (n° 229)
Steven Millhauser	*La Galerie des jeux* (n° 37)
V. Molina Foix	*La Femme sans tête* (n° 377)
Rick Moody	*Purple America* (n° 374)
	Démonologie (n° 477)
Lorrie Moore	*Des histoires pour rien* (n° 8)
	Vies cruelles (n° 61)

	Anagrammes (n° 91)
	Que vont devenir les grenouilles ? (n° 236)
	Déroutes (n° 411)
Frank Moorhouse	*Quarante/Dix-sept* (n° 112)
Guido Morselli	*Dissipatio* (n° 173)
John Mortimer	*Félix aux enfers* (n° 363)
Alice Munro	*Les Lunes de Jupiter* (n° 147)
	Amie de ma jeunesse (n° 198)
	Secrets de Polichinelle (n° 328)
	L'Amour d'une honnête femme (n° 416)
	La Danse des ombres heureuses (n° 483)
Vladimir Nabokov	*L'Enchanteur* (n° 215)
Roger Nimier	*Les Indes Galandes* (n° 64)
Liam O'Flaherty	*Insurrection* (n° 454)
Whitney Otto	*Le Jour du patchwork* (n° 184)
Cynthia Ozick	*Le Rabbi païen* (n° 29)
Grace Paley	*Les Petits Riens de la vie* (n° 1)
	Plus tard le même jour (n° 13)
	Énorme changement de dernière minute (n° 163)
Victor Paskov	*Ballade pour Georg Henig* (n° 33)
Pier Paolo Pasolini	*Descriptions de descriptions* (n° 168)
Ann Patchett	*Bel Canto* (n° 517)
Walker Percy	*Le Cinéphile* (n° 18)
	L'Amour parmi les ruines (n° 88)
	Les Signes de l'apocalypse (n° 172)
Annie Proulx	*Nœuds et dénouement* (n° 267)
	Cartes postales (n° 332)
	Les Pieds dans la boue (n° 406)
Barbara Pym	*Adam et Cassandra* (n° 15)
	Secret, très secret (n° 35)
	Lorsqu'un matin d'orage (n° 47)
Elisabetta Rasy	*La Première Extase* (n° 228)
Simon Raven	*Les Mauvaises Fréquentations* (n° 324)
	Les riches payent tard (n° 350)
Laura Restrepo	*Douce Compagnie* (n° 293)
Bernice Rubens	*Le Visiteur nocturne* (n° 329)
Umberto Saba	*Couleur du temps* (n° 6)
	Comme un vieillard qui rêve (n° 17)

Lisa Saint-Aubin de Terán	*Les Jours de l'Orénoque* (n° 90)
John Saul	*Baraka* (n° 142)
	De si bons Américains (n° 183)
	Mort d'un général (n° 216)
	Paradis Blues (n° 338)
	L'Ennemi du bien (n° 432)
Karel Schoeman	*En étrange pays* (n° 249)
Budd Schulberg	*Un homme dans la foule* (n° 76)
	Le Désenchanté (n° 77)
	Le Visage de Hollywood (n° 156)
	La Forêt interdite (n° 453)
Carl Seelig	*Promenades avec Robert Walser* (n° 65)
Jane Shapiro	*Le Mari dangereux* (n° 389)
Carol Shields	*Swann* (n° 126)
	La République de l'amour (n° 160)
Jane Smiley	*Portraits d'après nature* (n° 148)
	L'Exploitation (n° 199)
	Un appartement à New York (n° 218)
	Moo (n° 277)
	Chagrins (n° 308)
	Le Paradis des chevaux (n° 427)
	Les Aventures véridiques de Lidie Newton (n° 469)
	Jusqu'au lendemain (n° 502)
Natsumé Sôseki	*Oreiller d'herbes* (n° 2)
	Clair-obscur (n° 22)
	Le Voyageur (n° 122)
	Le 210e jour (n° 286)
	À travers la vitre (n° 359)
Muriel Spark	*La Porte Mandelbaum* (n° 319)
Elizabeth Spencer	*Nouvelles du Sud* (n° 188)
Tilman Spengler	*Le Cerveau de Lénine* (n° 151)
R. L. Stevenson	*Fables* (n° 20)
	La Magicienne (n° 34)
	Olalla (n° 56)
W. Stockenström	*Le Baobab* (n° 323)
Italo Svevo	*Le Destin des souvenirs* (n° 12)
Paco I. Taibo II	*Le Rendez-vous des héros* (n° 204)

Elizabeth Taylor	*Angel* (n° 41) *Mrs. Palfrey, Hôtel Claremont* (n° 67) *Cher Edmund* (n° 98) *Noces de faïence* (n° 125) *Une saison d'été* (n° 155) *La Bonté même* (n° 190) *Le Papier tue-mouches* (n° 250) *Une partie de cache-cache* (n° 273) *Le Cœur lourd* (n° 307) *Vue sur le port* (n° 373) *La Belle endormie* (n° 507)
Alexei Tolstoï	*Ibycus* (n° 492)
J. Turner Hospital	*L'Opale du désert* (n° 398) *Comme un tigre en cage* (n° 436) *Charades* (n° 475)
Gore Vidal	*Un garçon près de la rivière* (n° 269) *Myra Breckinridge et Myron* (n° 383) *En direct du Golgotha* (n° 444)
Alberto Vigevani	*Le Tablier rouge* (n° 136) *Un été au bord du lac* (n° 195)
Evelyn Waugh	*Trois nouvelles* (n° 138)
Fay Weldon	*Copies conformes* (n° 128)
Paul West	*Le Médecin de Lord Byron* (n° 50)
Rebecca West	*Femmes d'affaires* (n° 167)
Thomas Wharton	*Le Champ de glace* (n° 372)
Joy Williams	*Dérapages* (n° 120)
Leslie Wilson	*Maléfices* (n° 474)
Tim Winton	*Cet œil, le ciel* (n° 225) *La Femme égarée* (n° 262) *Les Ombres de l'hiver* (n° 447) *Par-dessus le bord du monde* (n° 521)
Virginia Woolf	*La Vie de Roger Fry* (n° 397)
Banana Yoshimoto	*N.P* (n° 274) *Lézard* (n° 354) *Dur, dur* (n° 428)
E. Zamiatine	*Seul* (n° 16) *Le Pêcheur d'hommes* (n° 19)
Chiara Zocchi	*Olga* (n° 423)

Achevé d'imprimer sur rotative
par l'Imprimerie Darantiere
à Dijon-Quetigny en
février 2006

N° d'impression : 26-0076
Dépôt légal : février 2006
Imprimé en France